中日英 三語版

開始遊日本說日語

一句一句的日語會話練習，密切貼近當地生活

吳乃慧◎著

晨星出版

CONTENTS

■ 作者序

什麼是旅途中最美的風景?

26歲,一個櫻花盛開的季節,一個人坐上東京往京都的新幹線,目的地等著我的,是陌生的學校,以及沒有底的3年。「哇!看到富士山了!好幸運!」鄰座的日本太太開始跟我攀談,我用拙劣的日文回答。最後她下車時,特地買了一盒巧克力球給我,並笑著鼓勵我。接下來的3年,我遇過再動人的美景,也比不上一面之緣日本太太的溫暖一笑。

旅途中總有你意想不到的。因為意外,所以更美!

日文不通,沒關係。日本不熟,也不打緊。用幾句簡單的日文,認幾個關鍵的單字,再加上友善的微笑與開放的胸襟,你也可以一個人日本街頭巷尾走透透。

這本書,只是一個工具。你,才是旅途中的主角。

快去發掘這趟日本行屬於你的美麗插曲吧!

吳乃慧

■本書特色

這本適合隨身攜帶的旅遊日文工具書,有幾個特色:

1. 沒有日文基礎,也能說

每個句子與單字都附羅馬拼音。沒學過五十音、日文字完全有看沒有懂的你,也能根據羅馬拼音把日文輕鬆說出口。

2. 中、 英、日對照,講英文嘛Ａ通

每個句子還附有英文對照,情急害羞說不出日文的你,改說英文嘛Ａ通。

3. 萬用手冊式的索引排版,好翻好用

用鮮明的顏色區分主題,並運用萬用手冊式的索引排版,輕鬆快速找到你當下要用的日文句子。

4. 循序漸進,讓你的日文琅琅上口

有心想循序漸進學習日文的你,本書也用了一小篇幅介紹發音、基礎單字、基本問候語,讓你學習起來更踏實。

5. 旅行中會用到的句子全都錄

設想旅遊中會發生的所有場景,分成交通、飲食、觀光、購物、住宿、求助六大主題,根據每大主題細分成不同小主題,再將每個小主題的場景勾勒出來,鉅細靡遺設想旅遊中可能面臨的對話。

6. 不只解決燃眉之急,還可交朋友

本書的宗旨──日文不只是你旅途中解決燃眉之急的幫手,也是交朋友、交流文化的工具,讓你的旅程留下更多動人的回憶。所以特別增設「溝通對話」主題,設想初次與日本朋友打交道的種種話題,讓你跟新朋友也能侃侃而談。

■ 每個小單元配置QR code掃描供下載音檔,若不便用手機下載者,請使用電腦輸入以下網址,進入播放頁面後,按右鍵選擇「另存新檔」,即可存取mp3檔案。
http://epaper.morningstar.com.tw/mp3/0130009/00-01.mp3

請依圖示 ——— key入下載

🎧 MP3 00-01

發音

 00-01

日文的基礎發音稱為「五十音」，由「假名」來呈現。「假名」又分為「平假名」、「片假名」。「平假名」通常與漢字一起出現，用於一般印刷、書寫等；「片假名」用於外來詞、外國地名、人名等，強調某個單字時，也會用片假名來表現。

日文的「五十音」雖然聽起來數量比中文的 37 個注音符號和英文的 26 個基礎字母多很多，但並不像中文或英文那麼複雜。只要把一個一個發音唸出來，再加上幾組由基礎發音延伸出來的「濁音」、「半濁音」、「撥音」和「拗音」，就可以開口唸出所有的日文了。

五十音——清音		あ行	か行	さ行	た行	な行	は行	ま行	や行	ら行	わ行	撥音
行段		あ行	か行	さ行	た行	な行	は行	ま行	や行	ら行	わ行	
あ段	平假名	あ	か	さ	た	な	は	ま	や	ら	わ	ん
	片假名	ア	カ	サ	タ	ナ	ハ	マ	ヤ	ラ	ワ	ン
	羅馬字	a	ka	sa	ta	na	ha	ma	ya	ra	wa	n
い段	平假名	い	き	し	ち	に	ひ	み		り		
	片假名	イ	キ	シ	チ	ニ	ヒ	ミ		リ		
	羅馬字	i	ki	shi	chi	ni	hi	mi		ri		
う段	平假名	う	く	す	つ	ぬ	ふ	む	ゆ	る		
	片假名	ウ	ク	ス	ツ	ヌ	フ	ム	ユ	ル		
	羅馬字	u	ku	su	tsu	nu	fu	mu	yu	ru		
え段	平假名	え	け	せ	て	ね	へ	め		れ		
	片假名	エ	ケ	セ	テ	ネ	ヘ	メ		レ		
	羅馬字	e	ke	se	te	ne	he	me		re		
お段	平假名	お	こ	そ	と	の	ほ	も	よ	ろ	を	
	片假名	オ	コ	ソ	ト	ノ	ホ	モ	ヨ	ロ	ヲ	
	羅馬字	o	ko	so	to	no	ho	mo	yo	ro	o	

■ 濁音

		か行	さ行	た行	は行	は行
行段		濁音				半濁音
あ段	平假名	が	ざ	だ	ば	ぱ
	片假名	ガ	ザ	ダ	バ	パ
	羅馬字	ga	za	da	ba	pa
い段	平假名	ぎ	じ	ぢ	び	ぴ
	片假名	ギ	ジ	ヂ	ビ	ピ
	羅馬字	gi	ji	di	bi	pi
う段	平假名	ぐ	ず	づ	ぶ	ぷ
	片假名	グ	ズ	ヅ	ブ	プ
	羅馬字	gu	zu	du	bu	pu
え段	平假名	げ	ぜ	で	べ	ぺ
	片假名	ゲ	ゼ	デ	ベ	ペ
	羅馬字	ge	ze	de	be	pe
お段	平假名	ご	ぞ	ど	ぼ	ぽ
	片假名	ゴ	ゾ	ド	ボ	ポ
	羅馬字	go	zo	do	bo	po

註：不是所有假名都可以變成濁音與半濁音。濁音是指在假名的右上角加上「　〞」，讀的時候震動聲帶，喉音發聲；而半濁音是指在假名的右上角加上「。」，讀的時候上下唇接觸，氣音發聲。

■ 拗音

 00-03

拗音												
行段		か行		さ行		た行	な行	は行			ま行	ら行
あ段	平假名	きゃ	ぎゃ	しゃ	じゃ	ちゃ	にゃ	ひゃ	びゃ	ぴゃ	みゃ	りゃ
	片假名	キャ	ギャ	シャ	ジャ	チャ	ニャ	ヒャ	ビャ	ピャ	ミャ	リャ
	羅馬字	kya	gya	sha	ja	cha	nya	hya	bya	pya	mya	rya
う段	平假名	きゅ	ぎゅ	しゅ	じゅ	ちゅ	にゅ	ひゅ	びゅ	ぴゅ	みゅ	りゅ
	片假名	キュ	ギュ	シュ	ジュ	チュ	ニュ	ヒュ	ビュ	ピュ	ミュ	リュ
	羅馬字	kyu	gyu	shu	ju	chu	nyu	hyu	byu	pyu	myu	ryu
お段	平假名	きょ	ぎょ	しょ	じょ	ちょ	にょ	ひょ	びょ	ぴょ	みょ	りょ
	片假名	キョ	ギョ	ショ	ジョ	チョ	ニョ	ヒョ	ビョ	ピョ	ミョ	リョ
	羅馬字	kyo	gyo	sho	jo	cho	nyo	hyo	byo	pyo	myo	ryo

註：拗音是指在假名後加上一個小や（ｙａ）、小ゆ（ｙｕ）、小よ（ｙｏ），讀的時候，與前面的假名發音連著唸，便能把正確的發音唸出來。

■長音

00-04

長音是指將假名延長發音，一拍的音變成兩拍。字面的呈現如以下表格所示，あ段就在該假名後加あ、い段就在該假名後加い……以此類推。片假名的話，就在該假名的後面加一個長音符號「ー」。

行段		あ行	か行	さ行	た行	な行
あ段	平假名		かあ	さあ	たあ	
	片假名		カー	サー	ター	
	羅馬字		kaa	saa	taa	
い段	平假名		きい	しい	ちい	
	片假名		キー	シー	チー	
	羅馬字		kii	sii	chii	
う段	平假名		くう	すう	つう	
	片假名		クー	スー	ツー	
	羅馬字		kuu	suu	tsuu	
え段	平假名		けい	せい	てい	ねえ
	片假名		ケー	セー	テー	ネー
	羅馬字		kei	sei	tei	nee
お段	平假名	おお	こう	そう	とう	
	片假名	オー	コー	ソー	トー	
	羅馬字	oo	koo	soo	too	

■促音

00-05

促音就像休止符，兩個假名中間若出現促音符號，發音時遇到促音要停頓一拍不發音。促音符號為小「つ」、小「ッ」。用羅馬字書寫時，以重複小「つ」、小「ッ」後的假名拼音的第一個羅馬字來表示。

もっと	促音「っ」不發音，停一拍
motto	羅馬拼音重複促音後第一個音「t」
いっしょ	促音「っ」不發音，停一拍
issho	羅馬拼音重複促音後第一個音「s」
コック	促音「ッ」不發音，停一拍
kokku	羅馬拼音重複促音後第一個音「k」
プッシュ	促音「ッ」不發音，停一拍
pusshu	羅馬拼音重複促音後第一個音「s」

01 基本用語

basic words

旅行的最大樂趣，莫過於能夠與當地民眾直接交流。不會日語沒關係，只要記住幾個單字或幾句簡單的問候語，一樣可以增加和當地民眾交談的機會。那麼，就從基本字彙開始學習吧！

打招呼／挨拶

 01-01

你好。（白天用）
こんにち は。
ko-n-ni-chi wa
Hello.

早安。
おはよう ございます。
o-ha-yo-o go-za-i-ma-su
Good morning.

晚安。（晚上用）
こんばん は。
ko-n-ba-n wa
Good evening.

晚安。（睡前用）
お休み なさい。
o-yasu-mi na-sa-i
Good night.

謝謝。
ありがとう ございます。
a-ri-ga-to-o go-za-i-ma-su
Thank you.

不客氣。
どう いたしまして。
do-o i-ta-shi-ma-shi-te
You are welcome.

對不起。
ごめん なさい。
go-me-n na-sa-i
Sorry.

不好意思。
すみません。
su-mi-ma-se-n
Excuse me.

再見。
さよなら。
sa-yo-na-ra
Good bye.

明天見。
じゃ、また 明日。
ja ma-ta a-shi-ta
See you tomorrow.

請保重。
気 を つけて ください。
ki o tsu-ke-te ku-da-sa-i
Take care.

沒關係。
大丈夫。
dai-joo-bu
Never mind.

好久不見。
お久し ぶり です。
o-hisa-shi bu-ri de-su

Long time no see.

你好嗎？
お元気 ですか？
o - gen - ki de-su-ka

How are you?

我很好。你呢？
元気です。あなた は？
gen-ki-de-su a-na-ta wa

I'm fine. And you?

我也很好。
私 も 元気 です。
watashi mo gen - ki de-su

I'm fine,too.

初次見面，請多多指教。
はじめまして、よろしく お願い します。
ha-ji-me-ma-shi-te yo-ro-shi-ku o-nega-i shi-ma-su

Nice to meet you.

再連絡。
また 連絡して ください。
ma-ta ren-raku-shi-te ku-da-sa -i

Let's keep in touch.

肯定與否定／肯定と否定

 01-02

是。 はい。 ha - i Yes.	不是。 いいえ。 i - i - e No.
知道了。 分かりました。 wa -ka -ri -ma -shi -ta I got it.	不知道／不了解／不懂 分かりません。 wa -ka - ri -ma -se - n I don't understand.
我會。 できます。 de -ki -ma -su I can.	抱歉，我不會 すみません、できません。 su- mi- ma- se- n　　de -ki -ma -se - n Sorry, I can't
我贊成。 賛成 します。 san - sei　shi-ma-su I agree.	我反對 反対 します。 han - tai　shi-ma-su I don't agree.
好。 いいです。 i - i　de -su OK.	不行。 だめ です。 da -me　de -su No way.
不可能。 無理 です。 mu-ri　de -su It's impossible.	不一樣。 違います。 chiga -i -ma -su It's different.
沒聽到／沒在聽。 聞いていません。 ki - i - te - i - ma -se -n I didn't hear / I'm not hearing.	不清楚／不認識。 知りません。 shi - ri -ma -se -n I don't know.

疑問／疑問

  01-03

誰？ 誰？ dare Who?	什麼？ 何？ nani What?
什麼時候？ いつ？ i-tsu When?	哪裡？ どこ？ do-ko Where?
如何？ どう？ do-o How?	為什麼？ どうして？ do-o-shi-te Why?
多少錢？ いくら？ i-ku-ra How much?	有多久／有多遠／多少？ どの くらい？ do-no ku-ra-i How long / How far / How many?
怎麼做？ どう やって？ do-o ya-tte How to do it?	幾點？ 何時？ nan-ji What time?
幾月幾號？ 何月 何日？ nan-gatsu nan-nichi What date?	幾次？ 何回？ nan-kai How many times?

請託／頼み

01-04

我想要～（東西）。

～が ほしい です。
ga　ho-shi-i　de-su

I'd like ～.

我想要做～（事情）。

～を したい です。
o　shi-ta-i　de-su

I'd like to ～.

我可不可以～？

～を しても いい ですか？
o　shi-te-mo　i-i　de-su-ka

May I ～?

可不可以幫我～？

～を して もらえませんか？
o　shi-te　mo-ra-e-ma-se-n-ka

Can you do ～ for me?

你們有沒有～？

～は ありませんか？
wa　a-ri-ma-se-n-ka

Do you have ～?

這怎麼説？

これは 何と 言いますか？
ko-re-wa　nan-to　i-i-ma-su-ka

How to say it？

我想問一下路。
ちょっと 道 を 尋ねたい の ですが。
cho - tto michi o tazu-ne-ta-i no de-su-ga
I'd like to ask for directions.

我的日文不好。
日本語 が 下手 です。
ni-hon-go ga he-ta de-su
My Japanese is poor.

請再説一遍。
もう 一度 言って ください。
mo-o ichi-do i-tte ku-da-sa-i
Pardon?

請再説慢一點。
もう 少し ゆっくり 話して ください。
mo-o suko-shi yu-kku-ri hana-shi-te ku-da-sa-i
Please speak more slowly.

可以幫我寫下來嗎？
書いて もらえませんか？
ka-i-te mo-ra-e-ma-se-n-ka
Could you write it down for me?

謝謝你的幫助
ご協力 ありがとう ございます。
go-kyoo-ryoku a-ri-ga-to-o go-za-i-ma-su
Thank you for your help.

數字／数字

 01-05

日文中，100唸成「百」（hyaku）而不是「一百」（i-ppyaku）；1000唸成「千」（sen）而不是「一千」（i-ssen），屬於特殊唸法。但是，1000萬卻又要把1000的1給唸出來，所以1000萬唸成「一千万」（i-ssen-man），注意不要搞錯了。

1	一 ichi one	11	十一 juu - ichi eleven
2	二 ni two	12	十二 juu - ni twelve
3	三 san three	20	二十 ni - juu twenty
4	四 yon / shi four	30	三十 san - juu thirty
5	五 go five	40	四十 yon -juu forty
6	六 roku six	50	五十 go - juu fifty
7	七 nana / shichi seven	60	六十 roku -juu sixty
8	八 hachi eight	70	七十 nana-juu seventy
9	九 kyuu / ku nine	80	八十 hachi-juu eighty
10	十 juu ten	90	九十 kyuu-juu ninety

100	百 hyaku one hundred	100,000,000	一億 Ichi -oku one hundred million
101	百一 hyaku-ich one hundred one	100,000,000,000	一兆 i -cchoo one trillion
200	二百 ni-hyaku two hundred	一半	半分 han-bun half
1,000	千 sen one thousand	全部	全部 zen - bu all
1,100	千百 sen-hyaku one thousand and one hundred	2倍	二倍 ni - bai two times
2,000	二千 ni - sen two thousand	0.3	0 . 3 rei-ten-san three-tenth
10,000	一万 ichi -man ten thousand	四分之一	四分の一 yon -bun no ichi one-forth
100,000	十万 juu -man one hundred thousand	五等分	五等分 go - too -bun divided into five equal parts
1,000,000	百万 hyaku-man one million	六成	六割 roku-wari sixty percent
10,000,000	一千万 i - ssen-man ten million	70%	七十 パーセント nana-juu pa - a - se - n - to seventy percent

星期・時間／曜日・時間

 01-06

「在星期幾」的這個「在」，要用「に」來表現。「在幾點幾分」的這個「在」，也是用「に」來表現。

例：六時 四十分 に 起きます（在6點40分起床）。土曜日 に 出掛けます（在星期六出門）。

星期天 日曜日 nichi-yoo- bi Sunday	星期一 月曜日 getsu-yoo - bi Monday	星期二 火曜日 ka - yoo - bi Tuesday	星期三 水曜日 sui - yoo - bi Wednesday
星期四 木曜日 moku-yoo - bi Thursday	星期五 金曜日 kin - yoo - bi Friday	星期六 土曜日 do - yoo - bi Saturday	昨天 昨日 ki -no-o Yesterday
今天 今日 kyo - o today	明天 明日 a- shi-ta tomorrow	上禮拜 先 週 sen -shuu last week	這禮拜 今週 kon-shuu this week
下禮拜 来週 rai -shuu next week	上個月 先 月 sen-getsu last month	這個月 今 月 kon-getsu this month	下個月 来 月 rai -getsu next month
去年 去年 kyo-nen last year	今年 今年 ko- to-shi this year	明年 来年 rai - nen next year	後年 再来年 sa - rai - nen the year after next

～天 ～日（間） nichi -kan ～ day(s)	～個禮拜 ～週間 shuu-kan ～ week(s)	～個月 ～ヶ月 ka getsu ～ month(s)	～年 ～年 nen ～ year(s)
～點 ～時 ji ～ o'clock	～分鐘 ～分（間） fun -kan ～ minute(s)	～秒鐘 ～秒（間） byoo -kan ～ second(s)	～小時 ～時間 ji -kan ～ hour(s)
早上 朝 asa morning	中午 昼 hiru noon	傍晚 夕方 yuu-gata evening	晚上 夜 yoru night
深夜 深夜 shin-ya midnight	4天前 四日前 yo -kka mae four days ago	1個禮拜前 一週間前 i - ssyuu-kan mae a week ago	2個月前 二ヶ月前 ni - ka-getsu mae two months ago
半年前 半年前 han-toshi mae six months ago	5天後 五日間後 itsu - ka - kan go in five days	3個禮拜後 三週間後 san-shuu-kan go after three weeks	1年後 一年後 ichi-nen go after one year
十年後 十年後 juu- nen go after ten years	7點 7 時 shichi - ji seven o'clock	10分鐘 10分 ju -ppun ten minutes	2小時 2時間 ni - ji - kan two hours

日期・月份／月と日

01-07

日期的1號～10號是特殊唸法，規則不同於數字1～10的唸法。但11號～31號的唸法就是一樣的規則，除了14號、20號、24號唸法特殊之外。

「西元〇〇〇〇年」的唸法，就是用數字「〇千〇百〇十〇」的唸法來唸，而在〇年〇月〇日」的這個「在」，要用「に」來表現。例：2015年5月12日 に 結婚 しました。（在2015年5月12日結婚。）

春 春 haru spring	夏 夏 natsu summer	秋 秋 aki fall / autumn	冬 冬 fuyu winter
一月 一月 ichi-gatsu January	二月 二月 ni-gatsu February	三月 三月 san-gatsu March	四月 四月 shi-gatsu April
五月 五月 go-gatsu May	六月 六月 roku-gatsu June	七月 七月 shichi-gatsu July	八月 八月 hachi-gatsu August
九月 九月 ku-gatsu Septembe	十月 十月 juu-gatsu October	十一月 十一月 juu -ichi-gatsu November	十二月 十二月 juu -ni-gatsu December
1號 1日 tsui-tachi the first	2號 2日 futsu -ka the second	3號 3日 mi-kka the third	4號 4日 yo-kka the fourth

5號 5日 itsu-ka the fifth	6號 6日 mui-ka the sixth	7號 7日 nano -ka the seventh	8號 8日 yoo-ka the eighth
9號 9日 kokono -ka the ninth	10號 十日 too- ka the tenth	11號 11日 juu-ichi-nichi the eleventh	12號 12日 juu-ni -nichi the twelfth
13號 13日 juu-san-nichi the thirteenth	14號 14日 juu-yon-nichi the fourteenth	15號 15日 juu-go-nichi the fifteenth	16號 16日 juu-roku-nichi the sixteenth
17號 17日 juu-shichi-nichi the seventeenth	18號 18日 juu-hachi-nichi the eighteenth	19號 19日 juu-ku-nichi the nineteenth	20號 20日 ha-tsu- ka the twentieth
21號 21日 nijuu-ichi-nichi the twenty-first	22號 22日 nijuu-ni -nichi the twenty-second	23號 23日 nijuu-san -nichi the twenty-third	24號 24日 nijuu-yon-nichi the twenty-fourth
25號 25日 nijuu-go -nichi the twenty-fifth	26號 26日 nijuu-roku-nichi the twenty-sixth	27號 27日 nijuu-shichi-nichi the twenty-seventh	28號 28日 nijuu-hachi-nichi the twenty-eighth
29號 29日 nijuu-ku -nichi the twenty-ninth	30號 30日 san-juu -nichi the thirtieth	31號 31日 sanjuu-ichi -nichi the thirty-first	

單位／単位

 01-08

單位詞的用法，最常見的排列順序是：「東西／生物」＋「數字」＋「單位詞」。例：ビール 三本（bi-i-ru san-bon）、友達 二人（tomo-dachi futa-ri）、外国人 一人（gai-koku-jin hito-ri）。

1個人、2個人是特殊唸法，如上例所示。但是從3個人（三人 san-nin）開始，適用於一般數字唸法，可舉一反三。

～個 ～個 ko ～ item(s)	～條／根／瓶／罐 （長條狀東西） ～ 本 hon / bon ～ long object(s)	～杯 ～杯 hai ～ cup(s)	～張 ～枚 mai ～ sheet(s)
～人 ～人 nin ～ people	～隻 ～匹 hiki ～ animals	～樓 ～階 kai ～ floor(s)	～歲 ～歳 sai ～ age(s)
～號 ～番 ban no. ～	公分 センチ se -n -chi centimeter	公尺 メートル me -e -to -ru millimeter	公里 キロメートル ki - ro me - e - to - ru kilometer
公克 グラム gu-ra-mu gram	公斤 キロ グラム ki - ro gu-ra-mu kilogram	公升 リットル ri - tto - ru liter	日幣 円 en Yen
台幣 台湾元 tai -wan-gen NT dollar	美金 ドル do -ru US dollar	人民幣 人民元 jin -min -gen Ren-Min-Bi(RMB)	歐元 ユーロ yu - u - ro Euro

02 溝通

communication

旅程中最令人印象深刻的，往往不是吃多好、住多好、血拼到翻掉，而是在因緣際會下，與萍水相逢的外國朋友打聲招呼、聊上兩句，溝通不需著重技巧，反而運用幾句基本的會話，加上誠懇的手勢、表情與眼神，更能與外國朋友交心

自我介紹／自己紹介

 02-01

基本
用語

溝通

交通

飲食

購物

觀光

住宿

突發
狀況

初次見面請多多指教。
はじめまして、よろしく お願いします。
ha- ji- me-ma-shi- te　　yo- ro-shi-ku　o -nega- i -shi-ma-su
Nice to meet you. / How do you do.

很高興跟你見面。
お会いできて うれしいです。
o - a - i -de -ki -te　u-re-shi-i -de-su
Nice to meet you.

我第一次來到日本。
始めて 日本に 来ました。
haji-me-te　ni- hon- ni　ki - ma-shi -ta
It is my first time to come to Japan.

我是來自助旅行的。
個人旅行 で 来ました。
Ko-.jin- ryo-koo　de　ki - ma-shi -ta
I come here for backpacking.

我來自台灣。
台湾 から 来ました。
tai - wan　ka -ra　ki - ma-shi -ta
I am from Taiwan.

我是～。
私 は～です。
watashi　wa　　de - su
I am ～ .

這位是跟我同行的朋友。
こちら は 一緒に 来る 友達 です。
ko-chi-ra wa　i - ssho-ni　ku - ru　tomo-dachi　de - su
This is my friend, comes with me.

補充字彙

自我介紹時，除了介紹自己的名字之外，提及職業、國籍、年紀也是很常見的。介紹時可直接套用「私は～です」此萬用句型。

學生 学生 gaku-sei student	上班族 会社員 kai-sha-in office worker	公務員 公務員 koo-mu-in civil servant	台灣人 台湾人 tai-wan-jin Taiwanese
打工族 フリーター fu-ri-i-ta-a part-time worker	無業者 無職 mu-shoku unemployment	畢業生 卒業生 sotsu-gyoo-sei graduate	28歲 ２８歳 nijuu-ha-ssai 28 years old

詢問對方／尋ね

  02-02

「ご出身は？」這個問句除了可以問「你的老家是哪裡？」之外，也可以問「你是哪個學校畢業的？」以及「你所屬哪個單位？」。

你叫什麼名字？
お名前 は？
o - na- mae wa
What is your name?

你是哪裡人？
ご出身 は？
go-shu-sshin wa
Where are you from?

老家在台中。（指出生地）
台中 出身です。
tai -chuu shu-sshin de -su
I'm from Taichung.

京都大學畢業的。（指畢業的學校）
京大 出身です。
kyoo-dai shu-sshin de-su
I'm from Kyoto University.

所屬外交部。（指工作單位）
外務省 出身です。
gai- mu- shoo shu-sshin de-su
I'm from the Ministry of Foreign Affairs.

邀約／誘い方

  02-03

你要不要參加今晚的聯誼？
今夜 の 合コン に 来ませんか？
kon-ya no goo-ko-n ni ki-ma-se-n-ka
Do you join the coupling party tonight?

這個禮拜天有空嗎？
この 日曜日、時間 が ありますか？
ko no nichi-yoo -bi ji- kan ga a- ri-ma-su-ka
Are you free this Sunday?

還能再見面嗎？
また 会えますか？
ma-ta a- e-ma-su-ka
Can we meet again?

可以幫我拍張照片嗎？
写真 を 撮って もらえますか？
sha-shin o to- tte mo-ra -e -ma-su-ka
Can you take a picture for me?

這裡是快門，請按這裡。

ここ は シャッター です。ここ を 押して ください。
ko-ko wa sha- tta-a de-su ko-ko o o-shi-te ku-da-sa-i

Here is the shutter. Please press here.

一起拍照吧！

一緒に 写真 を 撮りましょう！
i- ssho-ni sha-shin o to-ri-ma-sho-o

Let's take a picture together!

實用句型：可不可以告訴我你的～

可不可以告訴我你的＿＿＿＿＿＿？

＿＿＿＿＿を 教えて くれませんか？
o oshi-e- te ku-re-ma-se -n -ka

Could you tell me your＿＿＿＿＿＿?

【文法解析】

教えます（告訴，動詞ます形）→教えて（告訴，動詞て形）。而「～てく
れます」＝「為我做～」。所以「教えてくれます」＝「告訴我」，而「教
えてくれませんか？」＝「能不能告訴我？」。

名字 名前 na-mae name	地址 住所 juu-sho address	年齡 年齢 nen -rei age	職業 職 業 shoku-gyoo job
年收入 年収 nen-shuu annual income	預算 予算 yo- san budget	意見 意見 i- ken opinion	問題 質 問 shitsu-mon question

交換聯絡方式／連絡先の交換

  02-04

這是我的電子郵件帳號。
これ は 私 の メール・アドレス です。
ko -re wa watashi no me-e -ru a -do -re -su de -su
This is my e-mail address.

用電子郵件保持聯絡吧。
メール で 連絡 しましょう。
me-e -ru de ren-raku shi-ma-sho -o
Let's keep in touch by e-mail.

請寄電郵給我。
私 に メールして ください。
watashi ni me-e -ru-shi-te ku-da-sa-i
Please send e-mail to me.

請把我設成你的twitter追蹤人。
ツイッター で 私 を フォロー して ください。
tsu -i -tta-a de watashi o fo -ro-o shi-te ku-da-sa-i
Please follow my twitter.

你平常會用twitter嗎？
普段 は ツイッター を 使いますか？
fu -dan wa tsu -i -tta-a o tsuka-i -ma-su-ka
Do you use twitter in general?

可不可以告訴我你的手機號碼？
携帯 番号 を 教えて くれませんか？
kei -tai ban-goo o oshi-e -te ku-re-ma-se -n -ka
Could you tell me your mobile number?

請保持聯絡。
また 連絡して ください。
ma-ta ren-raku-shi-te ku-da-sa -i
Please keep in touch.

實用字彙

@（小老鼠） アット a - tto at	.（點） ドット do - tto dot	附加檔案 添付 ファイル ten-pu fa - i - ru attached file	寄（E-mail） 送信 soo-shin send
收（E-mail） 受信 ju - shin receive	亂碼 文字 化け mon-ji ba –ke gibberish	表情符號 絵文字 e - mo - ji decorated letter	加入好友 友達 申請 tomo-dachi shin-sei add as friend
對話 会話 kai - wa conversation	Po照片 写真投稿 sha-shin-too- koo photo posting	變更 変更 hen - koo change	設定 設定 se - ttei settings
上傳 アップロード a - ppu-ro - o - do upload	下載 ダウンロード da - u - n - ro - o - do download	雲端 クラウド ku -ra -u -do cloud computing	檔案共享 ファイル共有 fa - i - ru -kyoo-yuu file sharing

實用句型：請～給我

請＿＿＿＿＿給我。

私 に ＿＿＿＿＿ して ください。
watashi ni   shi -te ku-da-sa-i

Please ＿＿＿＿＿ to me.

傳真 ファックス fa - kku-su fax	打電話 電話 den-wa make a call	傳簡訊 メッセージ me-sse-e -ji send message	寄信 メール me-e - ru send mail

拒絕＆致歉／断り＆謝り
  02-05

我想去，但是今晚不能去。
行きたい の ですが、今夜 は 行けません。
i-ki-ta-i no de-su-ga　kon-ya wa i-ke-ma-se-n
I want to go, but tonight I can't.

抱歉，我該走了。
ごめん、今 行かなきゃ。
go-me-n　ima i-ka-na-kya
Sorry, I have to go.

對不起，我不會用電子郵件。
すみません、メール が 使えません。
su-mi-ma-se-n　me-e-ru ga tsuka-e-ma-se-n
Sorry,I cannot use E-mail.

溝通遇到障礙時／話が通じない時
  02-06

我只會一點點日語。
日本語 が ちょっと だけ できます。
ni-hon-go ga cho-tto da-ke de-ki-ma-su
I know only a little Japanese.

我是來日本旅行的。
旅行 の ために 日本 に 来ました。
ryo-koo no ta-me-ni ni-hon ni ki-ma-shi-ta
I came to Japan for sightseeing.

對不起，我日文説得不好。
すみません、日本語 が うまく 話せません。
su-mi-ma-se-n　ni-hon-go ga u-ma-ku hana-se-ma-se-n
Excuse me, I cannot speak Japaness well.

不好意思，有會英文或中文的服務人員嗎？

すみません、英語 か 中国語 か できる 係り が いますか？

su -mi-ma-se -n　　ei -go　ka chuu-goku-go ka de-ki-ru　ka-ka-ri ga i -ma-su-ka

Excuse me, is there any clerk who can speak English or Chinese?

我不懂您的意思。

おっしゃった こと は 分かりません。

o-　sscha- tta ko-to wa　wa-ka -ri-ma-se-n

I don't understand what you said.

您可以重複一遍嗎？

もう 一度 繰り返して くれますか？

mo-o　ichi-do　ku -ri -kae-shi -te　ku-re-ma-su-ka

Can you repeat it once more?

可不可以請你講慢一點？

ゆっくり 話して くれませんか？

yu-　kku-ri　hana-shi -te　ku-re-ma-se -n -ka

Would you please speak more slowly?

這個字怎麼拼？

この字 を どう つづりますか？

ko-no -ji　o　do-o　tsu-du-ri-ma-su-ka

How to spell this word?

可以寫在紙上嗎？

紙 に 書いて くれますか？

kami ni　ka - i -te　ku-re-ma-su-ka

Can you write it on the paper?

實用字彙

平假名 平がな hira-ga -na	片假名 カタカナ ka-ta-ka-na	外來語 外来語 gai - rai - go	漢字 漢字 kan - ji
hirakana	katakana	word of foreign origin	kanji

拜訪朋友家／友達の家に行く時

02-07

基本
用語

溝通

交通

飲食

購物

觀光

住宿

突發
狀況

這是一個很棒的地方。
とても 素晴らしい ところ です。
to-te-mo su-ba-ra-shi-I to-ko-ro de-su
It's a good place.

這是送給你的禮物，台灣的伴手禮。
これ、台湾 の おみやげ、あなた に あげます。
ko-re tai-wan no o-mi-ya-ge a-na-ta ni a-ge-ma-su
This Taiwanese souvenir is for you.

日本沒有這個東西。
日本 に こんな もの は ありません。
ni-hon ni ko-n-na mo-no wa a-ri-ma-se-n
There is no such thing in Japan.

這個地方的特產是什麼？
この 町 の 特産品 は 何 ですか？
ko no machi no toku-san-hin wa nan de-su-ka
What is the local specialty of this city?

這是北海道的紀念品，請收下。
これ は 北海道 の おみやげ です、どうぞ。
ko-re wa ho-kkai-doo no o-mi-ya-ge de-su do-o-zo
This is the specialty of Hokkaido for you.

如果來台灣，請跟我聯絡。
台湾 に 来たら、連絡して ください。
tai-wan ni ki-ta-ra ren-raku-shi-te ku-da-sa-i
If you come to Taiwan,please contact me.

今天真的很謝謝你的招待。
今日 は ご馳走さま でした。本当 に ありがとうございました。
kyo-o wa go-chi-soo-sa-ma de-shi-ta hon-too ni a-ri-ga-to-o-go-za-i-ma-shi-ta
Thank you very much for the delicious meal today.

聊聊台灣／台湾の話

 mp3 02-08

台灣的鳳梨酥很有名又好吃。

台湾 の パイナップルケーキ が 有名 で おいしい です。

tai - wan no pa -i -na -ppu-ru-ke-e -ki ga yuu-mei de o -i -shi-l de-su

Taiwan's pineapple cakes are famous and delicious.

台灣不會下雪。只有高山上會下雪。

台湾 は 雪 が 降っていません。高い山 だけで 降っています。

tai - wan wa yuki ga fu - tte-i -ma-se -n taka-i yama da-ke-de fu - tte-i -ma-su

It doesn't snow in Taiwan.It snows only in the high mountains.

台灣女生是不是不太會煮飯？

台湾 の 女のこ は あまり 料理 が できませんか？

tai - wan no onna-no-ko wa a -ma-ri ryoo-ri ga de-ki-ma-se-n -ka

Can the Taiwanese girl cook very well?

實用字彙

珍珠奶茶 タピオカミルクティー ta -pi -o -ka-mi-ru- ku- ti -i bubble tea	小籠包 小籠包 shoo-ron -po dumpling	臭豆腐 臭豆腐 shuu-too - fu stinky tofu
豬油拌飯 豚油かけご飯 buta-abura-ka -ke -go -han lard-pouring rice	芒果冰 マンゴーかき氷 ma-n -go -o -ka - ki-koori mango shaved ice	豆花 豆花 too - fa tofu pudding
台式料理 台湾料理 tai- wan-ryoo- ri Taiwanese cuisine	故宮博物院 故宮博物館 ko- kyuu-haku-butsu- kan National Palace Museum	夜市 夜市 yo- ichi night market

聊聊日本王室／日本皇室の話

 02-09

你知道日本的王室嗎？

日本 の 皇室 を 知って いますか？

ni -hon no koo-shitsu o shi -tte i -ma-su-ka

Do you know Japanese Royal Family?

日本王室守住日本的文化與傳統。

日本 皇室 は 日本 の 文化 と 伝統 を 守って います。

ni -hon koo-shitsu wa ni -hon no bun-ka to den-too o mamo -tte i -ma-su

Japanese Royal Family keeps the Japanese culture and tradition.

實用字彙

天皇 天皇 ten-noo emperor	皇后 皇后 koo-goo empress	皇太子 皇太子 koo-tai -shi crown prince	皇太子妃 皇太子妃 koo -tai - shi - hi crown princess

聊聊天氣／天気の話

 02-10

今天真是好天氣呢。

今日 は いい 天気 ですね。

kyo-o wa i -i ten -ki de-su-ne

The weather is nice today, isn't it?

對呀，但是明天好像會變冷。

そう ですね。でも 明日 は 寒く なる よう です。

so-o de-su-ne de-mo ashi -ta wa samu-ku na-ru yo-o de-su

Yes,but it might get colder tomorrow.

後天天氣如何？會下雨嗎？

明後日 は どう ですか？雨 ですか？
a -sa -tte wa do-o de-su-ka　　ame de-su-ka

How about the day after tomorrow? Will it rain?

夏天到了，穿少一點才能節能省電

夏 に なると、薄着 で 省エネ が できます。
natsu ni na-ru-to　　usu -gi de shoo-e -ne ga de-ki-ma-su

When in summer, energy saving is possible with light clothes.

實用句型：句型：明天天氣好像會

明天天氣好像會_____。

明日 は _____ ようです。
ashi -ta　wa　　　　　　yo-o　de-su

It seems to _____ tomorrow.

【文法解析】

よう（樣子，名詞）。所以「～ようです」＝「好像會～的樣子」。よう前
面接動詞時，要用動詞原形；よう前面接名詞時，要加一個の在中間。

變暖和 暖かく なる atata-ka-ku na -ru get warm	變熱 暑く なる atsu-ku na -ru get hot	變涼爽 涼しく なる su-zu-shi-ku na -ru get cool	下雪 雪 が 降る yuki ga fu -ru snow
有颱風 台風 が 来る tai -fuu ga ku -ru have typhoon	雨天 雨（の） ame （no） (be)rainy	晴天 晴れ（の） ha -re （no） (be) sunny	陰天 曇り（の） kumo-ri （no） (be) cloudy

聊聊喜歡的事物／趣味の話

 02-11

你喜歡～嗎？
～ が 好き ですか？
ga su-ki de-su-ka
Do you like ～?

喜歡，尤其是喜歡～。
はい、特に～が 好き です。
ha-i to-ku-ni ga su-ki de-su
Yes, I especially like ～.

你的興趣是什麼？
ご趣味 は 何 ですか？
go-shu-mi wa nan de-su-ka
What are your hobbies?

我喜歡收集公仔，你呢？
フィギュア を 集める の が 好き です。あなた は？
fi-gyu-a o atsu-me-ru no ga su-ki de-su a-na-ta wa
I like collecting figures. How about you?

我喜歡看小說。
小説 を 読む の が 好きです。
shoo-setsu o yo-mu no ga su-ki de-su
I like reading novels.

我們興趣一樣！
私 たちの 趣味 は 一緒 です！
watashi-ta-chi no shu-mi wa i-ssho de-su
Our hobbies are the same!

我喜歡在假日看電影。
休日 に 映画 を 見る の が 好きです。
kyuu-jitsu ni ei-ga o mi-ru no ga su-ki de-su
I like watching a movie on a holiday.

實用字彙

運動 スポーツ su-po-o-tsu sports	漫畫 漫画 man-ga comic book	開車兜風 ドライブ do-ra-i-bu driving
旅行 旅行 ryo-koo travelling	釣魚 釣り su-ri fishing	看電影 映画 鑑賞 ei-ga kan-shoo going to the movies
聽音樂 音楽 鑑賞 on-gaku kan-shoo listening to music	線上遊戲 オンラインゲーム o-n-ra-i-n-ke-e-mu on-line game	畫畫 絵 を 描く e o ka-ku drawing
唱歌 歌 を 歌う uta o uta-u singing	泡溫泉 温泉 に 入る on-sen ni hai-ru getting into hot springs	拉小提琴 バイオリン を 弾く ba-i-o-ri-n o hi-ku playing the violin

聊聊明星／タレントの話

  02-12

你知道米西亞嗎？她是我最喜歡的歌手。
MISIA を 知って いますか？彼女 は 私 の 大好きな 歌手 です。
misia o shi-tte i-ma-su-ka   kano-jo wa watashi no dai-su-ki-na ka-shu de-su
Do you know MISIA? She is my favorite singer.

你最喜歡哪個日本藝人？
一番 好きな 日本 の 芸能人 は 誰 ですか？
ichi-ban su-ki-na ni-hon no gei-noo-jin wa da-re de-su-ka
Who is your favorite Japanese entertainer?

實用字彙

主持人 司会者 shi - kai - sha MC	搞笑藝人 お笑い 芸人 o - wara- i　gei - nin comedian	偶像 アイドル a - i - do - ru idol	歌手 歌手 ka - shu singer
男演員 俳優 hai - yuu actor	女演員 女優 jo - yuu actress	作家 作家 sa - kka writer	編劇 脚本家 kyaku-hon- ka scriptwriter

聊聊運動／スポーツの話　 02-13

你有看昨天的足球比賽嗎？
昨日 の サッカー 試合 を 見ましたか？
ki - noo　no　sa -kka- a　ji - ai　o　mi-ma-shi-ta-ka
Did you watch the soccer game yesterday?

日本沒有在2014年世界杯足球賽踢出好成績。
２０１４年 の ワールドカップ で 日本 は いい成績 を 取っていなかった です。
ni-sen-juu-yo-nen no wa-a-ru-do-ka-ppu de ni-hon wa　i - i -sei-seki o　to - tte- i - na-ka- tta de-su
Japan did not take the good results in World Cup of 2014.

下次讓我們一起打棒球吧。
今度 一緒に 野球 を やりましょう。
kon-do　i - ssho-ni　ya-kyuu　o　ya-ri-ma-sho- o
Let's play baseball next time.

2020年即將在日本東京都舉行的夏季奧林匹克運動會
２０２０ 年 夏季オリンピック は 日本 の 東京 で 開催されます。
ni-sen-ni-juu nen　ka-ki- o -ri- n -pi- kku wa　ni -hon no too-kyoo de kai-sai-sa-re-ma-su
2020 Summer Olympic Games will be held in Tokyo,Japan.

實用字彙

棒球 野球 ya-kyuu baseball	足球 サッカー sa - kka -a soccer	網球 テニス te - ni - su tennis
籃球 バスケット・ボール ba- su- ke - tto　bo - o -ru basketball	排球 バレー・ボール ba- re- e　bo- o - ru volleyball	游泳 水泳 sui - ei swimming
滑雪 スキー su -ki - i ski	高爾夫球 ゴルフ go -ru -fu golf	射箭 アーチェリー a - a -che - ri - i archery
曲棍球 ホッケー ho - kke -e hockey	劍道 剣道 ken-doo fencing	乒乓球 卓球 ta-kkyuu ping-pong

聊聊電視電影／テレビ・映画の話

 02-14

這個節目幾點播出？

この 番組 は 何時 に やりますか？

ko no ban-gumi wa nan - ji　ni　ya-ri-ma-su-ka

What time is this program on air?

這個節目在台灣很受歡迎

この 番組 は 台湾 で 大人気 です。

ko no ban-gumi wa tai-wan de dai-nin-ki　de-su

This program is very popular in Taiwan.

這部電影適合全家共賞。

この 映画 は 家族 みんな で 楽しめます。
ko no ei - ga wa ka -zoku mi -n -na de tano-shi-me-ma-su

This movie is for family to enjoy.

我選這一部。因為我喜歡這個男主角。

これ に します。この 俳優 が 好きです から。
ko -re ni shi-ma-su   ko no hai -yuu ga su -ki -de-su ka -ra

I'd like to watch this one because I like this actor.

實用字彙

連續劇 ドラマ do -ra -ma drama	新聞 ニュース nyu -u - su news	綜藝節目 バラエティー ba -ra - e - ti – i variety program
卡通 アニメ a -ni -me animation	專題報導 特集 toku-shuu spotlight news	特別節目 スペシャル su -pe-sha - ru special program
電視廣告 コマーシャル ko-ma- a -sha - ru commercial	喜劇 お笑い o- wara- i comedy	電影院 映画館 ei - ga -kan movie theater
恐怖片 ホラー 映画 ho -ra -a ei -ga horror movie	動作片 アクション 映画 a -ku-sho - n ei -ga action movie	動畫片 アニメ 映画 a -ni -me ei -ga animation
愛情片 恋愛映画 ren - ai ei -ga romance	喜劇片 コメディー映画 ko-me-di - i ei -ga comedy	複合式影城 シネコン shi - ne -ko -n cinema complex

聊聊音樂／音楽の話

 mp3 02-15

你喜歡怎樣的音樂？

どんな 音楽 が 好き ですか？
do-n -na　on-gaku　ga　su -ki　de-su-ka

What kind of music do you like?

我常常聽日本流行音樂。

私 は よく 日本 の ポップ・ミュージック を 聴きます。
watashi　wa　yo-ku　ni-hon　no　po-ppu　myu-u- ji -kku　o　ki-i -ma-su

I often listen to Japanese pop music.

我比較喜歡藍調。

ブルース の ほう が 好きです。
bu -ru -u -su　no　ho -o　ga　su -ki de-su

I like blues better.

小野麗莎是日本有名的爵士歌手。

小野リサ は 日本 で 有名な ジャズ・シンガー です。
o - no -ri-sa　wa　ni-hon　de　yu-mei-na　ja - zu　shi -n -ga-a　de-su

Lisa Ono is a Japanese famous jazz singer.

實用字彙

視覺系 ヴィジュアル系 vi - ju - a - ru - kei visual kei	搖滾樂 ロックンロール ro -kku -n -ro -o -ru rock'n'roll	繞舌樂 ラップ ra - ppu rap	民謠 民謡 min-yoo folk songs
古典 クラシック ku-ra-shi - kku classical music	爵士樂 ジャズ ja - zu jazz	抒情歌 抒情歌 jo - joo -ka lyric song	演歌 演歌 en - ka enka

聊聊家庭／家族の話

  02-16

你家有幾個人？有2個人。

何人 家族 ですか？2人 家族 です。
nan-ni ka-zoku de-su-ka fu-ta-ri ka-zoku de-su

How many people are there in your family? Two.

這是哪位？（詢問關係）

どなた ですか？
do-na-ta de-su-ka

Who is it?

這是我媽媽。

こちら は 母 です。
ko-chi-ra wa haha de-su

It's my mother.

你有兄弟姐妹嗎？

兄弟 は いますか？
kyoo-dai wa i-ma-su-ka

Do you have brothers and sisters?

我爸媽只有生我1個而已。

私 は 一人っ子 です。
watashi wa hito-ri- kko de-su

I am a only child.

我爸爸去世了。

父 は 亡くなりました。
chichi wa na-ku-na-ri-ma-shi-ta

My father died.

我祖父今年已經101歲了。

祖父 は 今年 101歳 に なりました。
so-fu wa ko-toshi hyaku-ichi-sai ni na-ri-ma-shi-ta

The grandfather became 101 years old this year.

實用字彙

哥哥 兄 ani older brother	姐姐 姉 ane older sister	弟弟 弟 otooto younger brother	妹妹 妹 imooto younger sister
祖父 祖父 so - fu grandfather	祖母 祖母 so - bo grandmother	丈夫 夫／旦那 otto　dan - na husband	妻子 妻／家内 tsuma　ka - nai wife
兒子 息子 musuko son	女兒 娘 musume daughter	伯父 おじさん o - ji - sa - n uncle	伯母 おばさん o - ba - sa - n aunt

聊聊工作／仕事の話

  02-17

你的工作是什麼？
お仕事 は 何 ですか？
o -shi-goto wa　nan　de-su-ka
What do you do?

我從事廣告相關的設計。
広告 関係 の デザイナー です。
koo-koku kan-kei no de-za - i -na -a　de-su
I'm an advertising-related designer.

你在哪家公司上班？
どちら の 会社 ですか？
do-chi-ra no kai-sha de-su-ka
Which company do you work for?

實用字彙

出版相關		高科技相關	
出版 関係 shu-ppan kan-kei publishing-related		ハイテック 関係 ha-i-te-kku kan-kei high-tech-related	
服飾相關		大眾傳播相關	
アパレル 関係 a-pa-re-ru kan-kei apparel-related		マスコミ 関係 ma-su-ko-mi kan-kei mass-communication-related	
老師 先生 sen-sei teacher	農夫 農夫 noo-fu farmer	咖啡店店員 カフェ の 店員 ca-fe no ten-in café staff	模特兒 モデル mo-de-ru model
業務 営業 ei-gyoo sales	工程師 エンジニア e-n-ji-ni-a engineer	秘書 秘書 hi-sho secretary	會計 経理 kei-ri accountant
律師 弁護士 ben-go-shi lawyer	護士 看護婦 kan-go-fu nurse	家庭主婦 主婦 shu-fu housewife	記者 記者 ki-sha reporter

聊聊吃喝／グルメの話

  02-18

請問要點飲料嗎？
飲み物 は いかが でしょうか？
no-mi-mono wa i-ka-ga de-sho-o-ka
Do you want a drink?

我不會喝酒。
お酒 は 飲めません。
o -sake wa no-me-ma-se -n
I can't drink.

有非酒精飲料嗎？
ソフト・ドリンク は ありませんか？
so-fu-to do -ri - n - ku wa a - ri-ma-se -n -ka
Do you have non-alcohol beverage?

請給我水。
お水 を ください。
o-mizu o ku-da-sa-i
Please give me a water.

我喜歡中華美食。
中華 グルメ が 好き です。
chuu-ka gu-ru-me ga su -ki de-su
I love Chinese gourmand.

你會做中國菜嗎？
中華料理 が できますか？
chuu-ka-ryoo -ri ga de- ki-ma-su-ka
Can you make Chinese cuisine?

會，我的拿手菜是麻婆豆腐。
できます。私 の 得意料理 は マーボー 豆腐 です。
de-ki-ma-su watashi no toku- i-ryoo -ri wa ma-a-bo-o too-fu de-su
Yes, my favorite dish is Maaboo Tofu.

橫濱中華街有很多好吃的料理。
横浜 中華街 には おいしい 料理 が いっぱい あります。
yoko-hama -cyuu-ka -gai ni-wa o - i -shi- i ryoo -ri ga i - ppa- i a - ri-ma-su
There are a lot of delicious dishes in Yokohama Chinatown.

實用字彙

泡麵 カップラーメン ka- ppu -ra- a -me -n instant noodles	煎餃 焼き 餃子 ya- ki gyoo-za pan-fried dumplings	茄汁蝦仁 えびちり e -bi -chi -ri shrimps in chili sauce
擔仔麵 タンタン麵 ta - n -ta - n -men Tantanmen	炒米粉 焼き ビーフン ya - ki bi -i -fu -n fried rice noodles	炸雞塊 唐揚げ kara- a - ge fried chicken
炒飯 チャーハン cha - a -ha -n fried rice	炒青菜 野菜 炒め ya - sai ita -me stir-fried vegetables	火鍋 鍋 物 nabe-mono hotpot

推薦／お勧め

 02-19

這個很適合你。我很推薦。
これ は お似合い ですね。お勧め ですよ。
ko- re wa o -ni -a -i de-su-ne o-susu-me de-su-yo
It is suitable for you. I recommend it.

這道菜是老闆娘的推薦之作。
この 料理 は 女将さん の お勧め です。
ko no ryoo- ri wa o -kami-sa-n no o-susu-me de-su
This dish is the landlady's recommendation.

這張專輯能讓你放鬆，推薦給你。
この アルバム は 癒し 效果 が あり、お勧め ですよ。
ko-no a -ru- ba -mu wa iya-shi -koo-ka ga a -ri o-susu-me de-su-yo
The album will let you relaxed, is recommended to you.

實用的句型：值得推薦的～

值得推薦的_____。

お勧めの_____です。
o-susu-me no   de-su

It's a recommendable _____ .

專輯 アルバム a - ru - ba -mu album	書 本 hon book	一道菜 一品 i - ppin dish
觀光地點 観光 スポット kan-koo su -po -tto sighseeing spot	化妝品 化粧品 ke-shoo-hin make-up	節目 番組 ban-gumi program
旅遊行程 ツアー tsu -a - a tour	餐廳 レストラン re-su -to -ra -n restaurant	當季水果 旬の果 物 syun-no -kuda-mono fruit of the season

聊聊算命・星座／占い・星座の話

 02-20

你是什麼血型？什麼星座？
血液型 は 何型 ですか？星座 は 何座 ですか？
ketsu-eki-gata wa nani-kata de-su-ka   sei - za wa nani-za de-su-ka
What is your blood type? What is your sign?

O型金牛座。
O型 で 牡牛座 です。
oo-kata de o -ushi-za de-su
Blood type O and Taurus.

大部分的台灣人很瘋算命。
ほとんど の 台湾人 は 占い に 熱中 します。
ho-to-n-do no tai-wan-jin wa urana-i ni ne-cchuu shi-ma-su
Most Taiwanese are crazy for fortune-telling.

但是我不太相信算命。
でも、私 は あまり 占い を 信じません。
de-mo watashi wa a-ma-ri urana-i o shin-ji-ma-se-n
But I don't believe fortunetelling that much.

實用字彙

手相算命 手相 占い te - soo urana-i palmistry	塔羅牌算命 タロット 占い ta - ro -tto urana-i tarot	姓名算命 姓名判断 sei- mei- han- dan onomancy	風水 風水 fuu - sui feng shui
牡羊座 おひつじ座 o - hi - tsu - ji - za Aries	金牛座 牡牛座 o - ushi - za Taurus	雙子座 双子座 futa - go - za Gemini	巨蟹座 蟹座 kani - za Cancer
獅子座 獅子座 shi - shi - za Leo	處女座 乙女座 o - tome- za Virgo	天秤座 天秤座 ten - bin - za Libra	天蠍座 蠍座 sasori-za Scorpio
射手座 射手座 i - te - za Sagittarius	摩羯座 山羊座 ya - gi - za Capricorn	水瓶座 水瓶座 mizu-game-za Aquarius	雙魚座 魚座 uo - za Pisces
A型 A型 ei-kata blood type A	B型 B型 bii-kata blood type B	AB型 AB型 ei- bii- kata blood type AB	O型 O型 oo-kata blood type O

鼠年 子 ne rat	牛年 丑 ushi ox	虎年 寅 tora tiger	兔年 卯 u rabbit
龍年 辰 tatsu dragon	蛇年 巳 mi snake	馬年 午 uma horse	羊年 未 hitsuji sheep
猴年 申 saru monkey	雞年 酉 tori rooster	狗年 戌 inu dog	豬年 亥 i pig

其他常見的單字

 02-21

相撲 相撲 su -moo sumo	空手道 空手 kara - te karate	劍道 剣道 ken - do kendo	柔道 柔道 juu - do judo
能劇 能 noo noh	歌舞伎 歌舞伎 ka - bu - ki kabuki	和服 着物 ki-mono kimono	日本舞 日本舞踊 ni - hon - bu - yoo Japanese dance
茶道 茶道 sa - doo tea ceremony	宅男／宅女 おたく o - ta - ku animation fan	魚乾女 干物女 hi-mono-onna himono onna	腐女 腐女子 fu - jo - shi yaoi fandom
媽寶 マザコン ma - za- ko- n mother complex	霸凌 いじめ i - ji - me bullying	社會菁英 エリート e - ri - i - to elite	年輕人 若者 waka-mono young people

老年人 お年寄り o- toshi- yo - ri elderly	戀人 恋人 koi - bito lover	情婦／情夫 愛人 ai - jin mistress / lover	敗犬 負け犬 ma - ke - inu loser
三味線 三味線 sha- mi- sen traditional Japanese banjo		插花 生け花 i - ke- bana Japanese flower arrangement	
草食男 草食系男子 soo-shoku-kei-dan- shi herbivore men		肉食女 肉食系女子 niku-shoku-kei - jo - shi carnivore women	
派遣人員 派遣社員 ha - ken - sha - in temporary employee		高齡化社會 高齢化社会 koo - rei - ka -sha - kai aging society	
禁止拍攝 撮影禁止 satsu-ei - kin - shi No photography		禁用閃光燈 フラッシュ禁止 fu - ra - sshu - kin -shi No flash bulb	

★重要的一句話／大切な一言

  02-22

實用句型１：我會～

我會 _____（語言／運動／樂器）。

（語言／運動／樂器）が できます。
　　　　　　　　　　　ga de-ki-ma-su

I can speak / play （語言／運動／樂器）.

【文法解析】

會做什麼，表示能力的時候，動詞用できます。「〜 が できます。」是最簡單也最常用的表示能力的句子。

英文 英語 ei - go English	中文 中国語 chuu-goku-go Chinese	韓文 韓国語 kan-koku- go Korean	桌球 卓球 ta-kkyuu ping-pong
鋼琴 ピアノ pi - a - no piano	吉他 ギター gi - ta - a guitar	小提琴 バイオリン ba - i - o - ri - n violin	薩克斯風 サックス sa - kku-su saxophone

實用句型 2：你知道～？

你知道_____嗎？

_____ を 知って いますか？
　　　　　o　shi – tte　i -ma-su-ka

Do you know _____ ?

【文法解析】

日文的「知道」有兩個字：知ります & 分かります，但意思不太一樣。「知ります＝ｋｎｏw」，而「分かります＝understand」。這句「你知道（聽説過）～嗎？」要用知ります，又因為知道是一種動作的狀態，所以動詞變化成「知っています」，表狀態。

這個品牌 このブランド ko-no-bu - ra - n - do this brand	這首歌 この歌 ko- no -uta this song	這本書 この本 ko- no - hon this book	這則新聞 このニュース ko-no-nyu - u - su this news
那個人 あの人 a - no - hito that guy	他的公司 彼の会社 kare -no -kai -sha his company	他的地址 彼の住所 kare -no -juu -sho his address	她的電話 彼女の電話 kano-jo - no -den- wa her phone number

實用句型 3：這裡可以使用～？

 02-23

這裡可以使用 ＿＿＿＿＿＿ 嗎？

ここで ＿＿＿＿＿ が 使えますか？
ko-ko de　　　　　ga tsuka-e-ma-su-ka

Can I use ＿＿＿＿＿ here?

【文法解析】

使います（使用，動詞ます形）→使えます（可以使用，動詞可能形）。而
「在哪裡做什麼」的「在」，要用助詞「で」來表現。

電腦 パソコン pa- so- ko- n computer	手機 携帯 kei - tai mobile phone	傳真機 ファックス fa - kku-su fax machine	印表機 プリンター pu- ri - n -ta - a printer
影印機 コピー機 ko-pi- i - ki photocopier	瓦斯 ガス ga - su gas	禮券 商品券 shoo-hin - ken gift coupon	折價券 割引券 wari-biki- ken coupon

實用句型 4：要如何～？

要如何 （動詞） ？

どうやって （動詞） か？
do-o -ya - tte　　　　　　ka

How to （動詞） this?

【文法解析】

「どうやって＝如何做」，「どう＝如何」，雖然這句問句慣用「どうやっ
て＋動詞＋か」，但其實也可以用「どう＋動詞＋か」來表現。

買 買います ka - i - ma- su buy	吃 食べます ta - be-ma- su eat	使用 使います tsuka-i - ma- su use	穿 着ます ki - ma- su wear	玩 遊びます aso- bi - ma- su play

實用句型 5：一起～吧！

 MP3 02-24

一起 _____ 吧！

一緒に _____ ましょう！
i- ssho-ni　　　　　ma-sho - o

Let's _____ ！

【文法解析】

此句是積極勸誘的句型。把動詞ます形的ます直接改成ましょう，就可套用此文法。

看電影 映画 を 見ます ei-ga　o　mi-ma-su go to the movies	聽音樂 音楽 を 聴きます on-gaku　o　ki-ki-ma-su listen to music
玩牌 トランプ をします to-ra-n-pu　o　shi-ma-su play cards	打撞球 ビリヤード をします bi-ri-ya-a-do　o　shi-ma-su play billiards
學日文 日本語 を 勉強します ni-hon-go　o　ben-kyoo-shi-ma-su learn Japanese	練習句型 文型 を 練習します bun-kei　o　ren-shuu-shi-ma-su practice sentence pattern
減肥 ダイエットします da-i-e-tto-shi-ma-su go on a diet	散步 散歩します san-po-shi-ma-su take a walk
登山 山登りします yama-nobo-ri　shi-ma-su mountain climbing	遊學 短期留学 します tan-ki-ryuu-gaku　shi-ma-su study abroad

實用句型 6：我想～

  02-25

我想 （做～）＿＿＿＿＿＿＿＿＿，你可不可以幫我？

＿＿＿＿＿ を したい の ですが、協力して もらえませんか？
o shi-ta-i no de-su-ga kyoo-ryoku-shi-te mo-ra- e-ma-se-n-ka

I'd like to ＿＿＿＿＿＿＿ , could you help me?

【文法解析】

用日文請求對方的協助時，很常用「我想做～。你可不可以幫我？」這個文法。但在「我想～」、「我喜歡～」、「我是～」等以我為主詞的日文句子裡，習慣把「我」給省略。此外，日文表現偏於曖昧委婉，所以在請求別人幫助時，通常只會説到「～ をしたい ですが」而把「協力 して もらえませんか」給省略，聽話者聽到對方説「～ を したい ですが」，自然就知道對方是要請求我方的協助。

搬家 引越し hi - kko- shi move	大掃除 大掃除 oo - soo - ji clean house	打電話 電話 den - wa make a phone call
參加 参加 san - ka join	煮菜 料理 ryoo - ri cook	開車 運転 un - ten drive
提案 提案 tei - an propose	充電 充電 juu -den charge (a battery)	送禮物 プレゼント pu -re -ze -n -to to give a present
報名 申し込み moo-shi -ko - mi apply	找工作 求 職 kyuu-shoku finding a job	創業 創業 soo-gyoo to initiate

03 交通

transportation

日本是非常適合自助旅行的國家，因為它的交通十分發達。不管是市區的公車、地下鐵，還是觀光區的觀光列車、客運，或是遠距離的巴士、飛機、新幹線等等，都非常乾淨而且準時，值得一試。

出發前／出発前

 03-01

我想預訂機位。

フライト を 予約 したい の ですが。
fu- ra- i- to　o　yo-yaku shi-ta-i　no　de-su-ga

I would like to make a reservation.

我想取消機位。

フライト を キャンセル したい の ですが。
fu- ra- i- to　o　kya- n-se-ru　shi- ta-i　no　de-su-ga

I want to cancel my reservation.

我想更改出發日。

出発日 を 変更 したい の ですが。
shu-ppatsu-hi　o　hen-koo shi-ta-i　no　de-su-ga

I want to change my departure date.

我想確認機位。

フライト の 予約 を 確認 したい の ですが。
fu- ra- i- to　no　yo-yaku　o　kaku-nin　shi-ta-i　no　de-su-ga

I'd like to reconfirm my flight.

實用字彙

出境大廳 出発ロビー shu-ppatsu ro- bi - i departure lobby	護照 パスポート pa- su- po - o- to passport
機票 航空券 koo- kuu- ken airline ticket	登機證 搭乗券 too- joo- ken bording pass

機場報到／チェックイン

 03-02

請問您是要搭飛往哪裡的班機呢？

どこへ の フライト を 搭乗されますか？
do-ko-he　no　fu-ra-i-to　o　too-joo-sa-re-ma-su-ka

Where is your flight going to?

您有幾件行李呢？

お荷物 は いくつ ありますか？
o-ni-motsu　wa　i-ku-tsu　a-ri-ma-su-ka

How many pieces of luggage do you have?

我想要前面一點的坐位。

もっと 前 の 席 をお願いしたい の ですが。
mo-tto mae no seki o o-nega-i shi-ta-i no de-su-ga

I'd like the front seat.

可以給我們坐在一起的位置嗎？

隣の席 同士で をお願いしたい の ですが。
tonari-no-seki doo-shi de o o-nega-i shi-ta-i no de-su-ga

Can we sit together?

這是您機票

こちら は 航空券 です。
ko-chi-ra　wa　koo-kuu-ken　de-su

Here is your ticket.

實用字彙

靠窗的坐位 窓 側 の 席 mado-gawa no seki window seat	靠走道的坐位 通路側の席 tsuu-ro-gawa no seki aisle seat	靠近廁所 トイレに近い to-i-re-ni-chika-i near the toilet

出境審查／出国審査

 03-03

請給我看一下你的護照與登機證。
パスポートと 搭乗券 を 見せて ください。
pa-su- po- o- to　to　too- joo- ken　o　mi- se- te　ku-da-sa-i
Please show me your passport and boarding pass.

這個可以帶進飛機裡嗎？
これ は 機内 に 持ち込め ますか？
ko-re　wa　ki - nai　ni　mo-chi-ko-me　ma-su-ka
Can I take this on the plane?

麻煩打開行李讓我檢查。
荷物 を 開けて 検査 させて ください。
ni-motsu　o　a- ke -te　ken -sa　sa-se- te　ku-da-sa-i
Please open the luggage and let me check.

實用字彙

安全檢查 セキュリティ・チェック se - kyu - ri - ti　　che - kku security check	違禁品 禁制品 kin - sei - hin contraband
請脫鞋 靴 を 脱いで ください kutsu　o　nu - i -de　ku-da-sa -i Please take off your shoes.	請舉高手 手 を 上げて ください te　o　a - ge-te　ku-da-sa-i Please held hand high.
請拿掉手錶 腕時計 を 取って ください ude - to -kei　o　to - tte　ku-da-sa-i Please remove the watch.	請拿掉皮帶 ベルト を 取って ください be- ru- to　o　to - tte　ku-da-sa-i Please remove the belt.

機場實用單字／よくある空港単語

 MP3 03-04

機場 空港 kuu-koo airport	航廈 ターミナル ta-a-mi-na-ru terminal	國際線 国際線 koku-sai-sen international	國內線 国内線 koku-nai-sen domestic
海關 税関 zei-kan customs	登機門 ゲート ge-e-to boarding gate	起飛 離陸 ri-riku take-off	降落 着陸 chaku-riku land
諮詢服務檯 案内カウンター an-nai-ka-u-n-ta-a information counter		出發／離境 出発／離港 syu-ppatsu　ri-koo departure	
機場貴賓室 エアポート・ラウンジ e-a-po-o-to　ra-u-n-ji airport lounge		免税商品的販售 免税品の販売 men-zei-hin　no　han-bai duty-free sales	

登機／搭乗

 MP3 03-05

可以跟你換座位嗎？
あなた と 席 を 交換したい の ですが。
a-na-ta to seki o koo-kan-shi-ta-i no de-su-ga
May I change my seat with you?

請繫好您的安全帶。
シートベルト を 締めて ください。
shi-i-to-be-ru-to o shi-me-te ku-da-sa-i
Please fasten your seatbelt.

基本
用語

溝通

交通

飲食

購物

觀光

住宿

突發
狀況

您可以解開您的安全帶了。
シートベルト を はずしても いいです。
shi- i -to-be-ru-to　o　ha-zu-shi-te-mo　i - i de-su
You can unfasten your seatbelt.

我肚子餓了。請問何時供應餐點？
お腹 が 空きました。機内食 は いつ 提供しますか？
o -naka ga　su -ki-ma-shi-ta　　ki -nai-shoku wa　i -tsu tei-kyoo-shi-ma-su-ka
I'm hungry. When do you serve the meals?

請給我熱茶。
ホット・ティー を ください。
ho- tto　　ti - i　　o　ku-da-sa-i
Please give me a cup of hot tea.

我的耳機不能使用。
ヘッドホン が 使えません。
he- ddo-ho -n　ga　tsuka-e -ma-se -n
My headphones don't work.

可以請後面的乘客安靜點嗎？
後ろ の お 客 様 に 静かにして もらえませんか？
ushi-ro no　o-kyaku-sama ni sizu-ka -ni-shi-te　mo-ra- e- ma-se -n - ka
Could you ask the passengers behind be quite?

此班機將於晚上七點抵達成田國際機場。
この 便 は 19時 に 成田 国際 空港 に 到着 します。
ko no bin wa juu-ku-ji　ni nari-ta koku-sai kuu-koo ni too-chaku shi-ma-su
This flight is arriving at Narita International Airport at 7:00 PM.

實用字彙

空服人員 乘務員 joo- mu - in flight attendant	入境申請書 入国登録票 nyuu-koku too-roku-hyoo immigration form

素食 菜食 sai-shoku vegetarian	蛋奶素 乳卵菜食 nyuu-ran-sai-shoku ovo-lacto vegetarian

實用句型：請給我～

請給我_____。

_____ をください。
　　　　　　o ku-da-sa-i

Please give me a / an / the _____ .

【文法解析】
此句應該是旅遊期間最常用的句型。舉凡點菜、買東西、要求服務，都可用這個句型來表現。

報紙 新聞 shin-bun newspaper	耳機 ヘッドホン he - ddo-ho- n headphones	毛毯 毛布 moo- fu blanket	咖啡 コーヒー ko - o - hi - i coffee
雜誌 雑誌 za- sshi magazine	枕頭 枕 makura pillow	可樂 コーラ ko - o - ra cola	水 水 mizu water
果汁 ジュース ju - u - su Juice	啤酒 ビール bi - i - ru beer	葡萄酒 ワイン wa - i - n wine	溫開水 ぬるいお湯 nu - ru - i - o - yu warm water
濕紙巾 おしぼり o -shi -bo -ri wet towel	衛生棉 ナプキン na -pu -ki - n maxi pad	嘔吐袋 エチケット 袋 e -chi -ke - tto -fukuro airsick bag	麵包 パン pa - n bread

基本
用語

溝通

交通

飲食

購物

觀光

住宿

突發
狀況

轉機／乗り継ぎ

03-06

請問轉機櫃台在哪裡？

乗り継ぎ カウンター は どこ ですか？
no-ri-tsu-gi ka-u-n-ta-a wa do-ko de-su-ka

Where is the transfer counter?

請問怎麼去第二航站？

どうやって 第二 ターミナル へ 行きますか？
do-o-ya-tte dai-ni ta-a-mi-na-ru he i-ki-ma-su-ka

How to get to the second terminal?

行李又要再次通過X光機檢查。

手荷物 は もう一度 Ｘ 線 検査 されます。
te-ni-motsu wa mo-o-ichi-do ekkusu-sen ken-sa sa-re-ma-su

The luggage will be checked through the X-ray machine again.

我們又要再次通過金屬探測門。

私 たち は もう一度 金属探知ゲート をくぐります。
watashi-ta-chi wa mo-o-ichi-do kin-zoku-tan-chi-ge-e-to o ku-gu-ri-ma-su

We pass through the metal detection gate once again.

入境審査／入国審査

03-07

非本國公民請在這裡排隊等候。

外国人 の 場合、こちら で 並んで 待ってください
gai-koku-jin no ba-ai ko-chi-ra de nara-n-de ma-tte-ku-da-sa-i

If the foreigner,please line up and wait right here.

請不要超出這條線

この 線 を 越えないで ください。
ko no sen o ko-e-na-i-de ku-da-sa-i

Please don't exceed this line.

你要待多久？
どの くらい 滞在 しますか？
do-no ku-ra-i tai-zai shi-ma-su-ka
How long will you stay?

五天。
五日間 です。
itsu-ka-kan de-su
For five days.

此行的目的是什麼？
旅 の 目的 は 何 ですか？
tabi no moku-teki wa nan de-su-ka
What's your purpose of this trip?

為了觀光而來。
観光 の ため に 来ました。
kan-koo no ta-me ni ki-ma-shi-ta
For sightseeing.

請將兩手的食指按住這裡
両手 の 人差し指 で こちら を 押してください。
ryoo-te no hito-sa-shi-yubi de ko-chi-ra o o-shi-te-ku-da-sa-i
Please push this with the first finger of both hands.

請眼睛直視這個鏡頭
この レンズ を 見てください。
ko no re-n-zu wo mi-te-ku-da-sa-i
Please look at this lens.

實用字彙

檢疫 検疫 ken-eki quarantine	出差 出張 shu-cchoo business trip	留學 留学 ryuu-gaku study abroad	商務 ビジネス bi-ji-ne-su business

實用句型：待多久？

你要待多久？

どの くらい 滞在 しますか？
do-no ku-ra-i　tai-zai　shi-ma-su-ka

How long will you stay?

【文法解析】

「どのくらい＝怎樣的程度」，所以可用於問多久、問多少、問大小。這裡依前後單字可推斷是問期間，也就是問多久。回答時，用「期間＋ぐらい」回答，意即「大約 期間」。

1天 1日 ichi-nichi one day	2天 2日 futsu-ka two days	3天 3日 mi-kka three days	4天 4日 yo-kka four days	5天 5日 itsu-ka five days
6天 6日 mui-ka six days	7天 7日 nano-ka seven days	8天 8日 yoo-ka eight days	9天 9日 kokono-ka night days	10天 10日 too-ka ten days
一個禮拜 一週間 i-sshuu-kan a week	一個月 一ヶ月 i-kka-getsu a month	1個半月 一ヶ月半 i-kka-getsu-han one and half a month	2個月 二ヶ月 ni-ka-getsu two months	半年 半年 han-toshi half a year

實用句型：請讓我看一下你的～

給我看一下你的＿＿＿＿＿。

＿＿＿＿＿ を 見せて ください。
　　　　o　mi-se-te　ku-da-sa-i

Please show me your ＿＿＿＿ .

【文法解析】
「看＝見る」，而「給看＝見せる」。

駕照 免許 men-kyo driving licence	身分證 身分証明書 mi-bun-shoo-mei-sho ID card	學生証 学生証 gaku-sei-shoo student card	會員卡 会員カード kai - in- ka- a- do member card
照片 写真 sha-shin picture	日記 日記 ni - kki diary	設計 デザイン de - za - i - n design	解答 解答 kai - too answer

行李提領／荷物の引き取り

 03-09

我少了一件行李。
荷物 一つ が なくなりました。
ni-motsu hito-tsu ga na-ku-na-ri-ma-shi-ta
I lost a baggage.

我到的時候，行李破損了。
到着した 時、荷物 が 壊れて しまいました。
too-cyaku-shi-ta toki ni-motsu ga kowa-re -te shi-ma-i -ma-shi-ta
My suitcase is broken when arriving.

請填寫行李遺失申請。
荷物遺失届け を 書いて ください。
ni-motsu - i - shitsu-todo-ke o ka - i - te ku-da-sa-i
Please fill out the application for lost luggage.

航空公司會根據行李內容物作等值賠償。
航空会社 は 荷物内容 により 同額賠償 を します。
koo-kuu-kai-sha wa ni-motsu-nai-yoo ni-yo-ri doo-gaku-bai-shoo o shi-ma-su
The airline will do the equivalent compensation under the luggage contents.

實用字彙

行李箱 スーツケース su - u - tsu-ke- e - su suitcase	旅行袋 トラベルバッグ to - ra- be -ru- ba - ggu travel bag
背包 バックパック ba - kku- pa - kku backpack	手提行李 手荷物 te - ni-motsu hand baggage

海關檢查／税関検査

  03-10

有沒有東西需要申報？
申告 する もの は ありませんか？
shin-koku su- ru mo-no wa a -ri-ma-se-n -ka

Do you have anything to declare?

沒有。／有。
いいえ、ありません。／はい、あります。
i - i - e a -ri-ma-se-n ha -i a- ri-ma-su

No. / Yes.

這個袋子裡面有什麼？
この 袋 の 中 に 何 が ありますか？
ko no fukuro no naka ni nani ga a- ri-ma-su-ka

What is in this bag?

有相機、化妝品及衣服。
カメラ、化粧品と服 が あります。
ka-me-ra ke-shoo-hin to fuku ga a- ri-ma-su

There are a camera, cosmetics and clothes.

實用字彙

免稅 免税 men-zei duty-free	課稅 課税 ka-zei taxation	槍砲 銃砲 juu-hoo guns	毒品 麻薬 ma-yaku drugs
行李提領處 荷物 引取り所 ni-motsu hiki-to-ri-jo baggage cliam		攜帶品申報書 携帯品 申告書 kei-tai-hin shin-koku-sho effects declaration	
假名牌 偽 ブランド nise bu-ra-n-do knockoff		農產品 農産品 noo-san-hin agricultural products	

實用句型：這裡面有什麼？

這裡面有什麼？

この 中 に 何 が ありますか？
ko no naka ni nani ga a-ri-ma-su-ka

What is in this?

【文法解析】

連接兩個名詞，表達「名詞1和名詞2」＝「名詞1と名詞2」；若連接兩個以上的名詞，「と」這個字只出現在最後兩個名詞的中間做連接，其它地方用「、」來連接，跟英文中文的呈現方式類似。例如：「財布、鍵とパソコンがあります」。

電腦 パソコン pa-so-ko-n computer	錢包 財布 sai-fu wallet	鑰匙 鍵 kagi key	鞋子 靴 kutsu shoes
記事本 手帳 te-choo notebook	酒 お酒 o-sake liquor	圍巾 マフラー ma-fu-ra-a scarf	紀念品 おみやげ o-mi-ya-ge souvenir

兌換日幣／円の両替

 03-11

哪裡可以兌換外幣？
どこ で 両替 が できますか？
do-ko de ryoo-gae ga de-ki-ma-su-ka
Where can I exchange money?

兌換的匯率是多少？
為替 レート は いくら ですか？
kawa-se re-e-to wa i-ku-ra de-su-ka
What is the exchange rate?

我想要換10萬圓日幣
10万円 を 替えたい です。
juu-man-en o ka-e-ta-i de-su
I want to change 100,000 yen.

要收手續費嗎？
手数料 は 要りますか？
te-suu-ryoo wa i-ri-ma-su-ka
Is there a service charge?

請給我收據
レシート を ください。
re-shi-i-to o ku-da-sa-i
Please give me the receipt.

從機場搭～前往飯店／空港からホテルへ

 03-12

機場巴士要在哪裡搭乘？
リムジン・バス の 乗り場 は どこ ですか？
ri-mu-ji-n ba-su no no-ri-ba wa do-ko de-su-ka
Where to take the airport bus?

我想拿行李，能幫我拿出來嗎？
荷物 を 取りたい ですが、取って もらえますか？
ni-motsu o to-ri-ta-i de-su-ga to-tte mo-ra-e-ma-su-ka
I want to take my luggage. Could you do it for me?

實用句型：～在哪裡搭？

_____ 的搭乘處在哪裡？

_____ の 乗り場 は どこ です か？
no　no-ri-ba　wa　do-ko　de-su-ka

Where to take the _____ ?

【文法解析】

任何交通工具的搭乘，都可用「乗る」表現，而任何交通工具的搭乘處，都可用「乗り場」表現。

電車 電車 den-sha train	地鐵 地下鉄 chi-ka-tetsu subway	公車 バス ba-su bus	計程車 タクシー ta-ku-shi-i taxi
船 船 fu-ne ship	接駁車 シャトルバス sha-to-ru-ba-su shuttle bus	纜車 リフト専用バス ri-fu-to sen-yo-ba-su lift	新幹線 新幹線 shin-kan-sen Shinkansen

搭計程車／タクシー乗車

 03-13

我要去新宿御苑。

新宿 御苑 まで お願い します。
shin-juku　gyo-en　ma-de　o-nega-i　shi-ma-su

Sinjuku Gyoen, please.

請問到清水寺要多久？

清水寺 まで どのくらい かかりますか？
kiyo-mizu-dera　ma-de　do-no-ku-ra-i　ka-ka-ri-ma-su-ka

How long does it take to Kiyomizu Temple?

大約15分。
15分 ぐらい です。
juu-go-fun　gu-ra-i　de-su
About fifteen minutes.

我可以把行李放在後車廂嗎？
荷物 を トランク に 入れても いいですか？
ni-motsu　o　to-ra-n-ku　ni　i-re-te-mo　i-i-de-su-ka
May I put my luggage in the trunk?

請把冷氣關小一點。
クーラー を 弱くして ください。
ku-u-ra-a　o　yowa-ku-shi-te　ku-da-sa-i
Please turn down the air condition.

請把窗戶打開。
窓 を 開けて ください。
mado　o　a-ke-te　ku-da-sa-i
Please open the window.

我要去這個地址。
この 住所 まで お願いします。
ko　no　juu-sho　ma-de　o-nega-i　shi-ma-su
Please go to this address.

實用字彙

機場接送服務	觀光導覽服務
空港送迎サービス	観光案内サービス
kuu-koo-soo - gei- sa- a - bi - su	kan- koo- an -nai- sa - a - bi- su
airport shuttle service	sightseeing service
起跳車資	加算車資
初乗り 運賃	加算 運賃
hatsu-no - ri　un -chin	ka- san　un -chin
starting fare	addition fare

里程表 メーター me-e-ta-a meter	夜間加成 夜間 割増 ya-kan wari-mashi night surcharge
長程優惠 遠距離 割引 en-kyo-ri wari-biki long-distance discount	包車服務 貸切 サービス kashi-kiri sa-a-bi-su charter service

實用句型：到～要多久？

  03-14

請問到＿＿＿＿＿要多久？

＿＿＿＿ まで どのくらい かかりますか？
ma-de do-no-ku-ra-i ka-ka-ri-ma-su-ka

How long does it take to＿＿＿＿＿?

【文法解析】
助詞「まで＝到」，動詞「かかります＝花費」。而前面也提過的疑問詞
「どのくらい＝多久」。

築地市場 築地 市場 tsuki-ji shi-joo Tsukiji Market	晴空塔 スカイツリー su-ka-i-tsu-ri-i Sky Tree	大阪巨蛋 大阪 ドーム oo-saka do-o-mu Osaka Dome	嚴島神社 厳島 神社 itsuku-shima jin-ja Ikutsushima Shrine

實用句型：大約～

大約＿＿＿＿＿。

＿＿＿＿ くらいです。
ku-ra-i de-su

About＿＿＿＿＿.

10分鐘 10分 ju- ppun ten minutes	15分鐘 15分 juu-go-fun fifteen minutes	30分鐘 30分 san-ju-ppun thirty minutes	1小時 1時間 ichi- ji -kan one hour
1小時15分 1時間15分 ichi- ji -kan juu-go-fun one hour and fifteen minutes	1個半小時 1時間半 ichi-ji - kan-han one and half an hour	2小時 2時間 ni - ji - kan two hours	3小時 3時間 san-ji - kan three hours

抵達／到着

 03-15

客人，到了喔！
お客様、着きましたよ！
o-kyaku-sama　tsu- ki -ma-shi-ta -yo

This is it!

請在這邊停。
手前 で 停まって ください。
te- mae de　to- ma - tte ku-da-sa-i

Please stop here.

下車之後，公園的入口就在右邊。
車 を 降りて、公園 の 入り口 は 右側 です。
kuruma o　o-ri-te　koo-en no　i- ri-guchi wa　migi-gawa de-su

After you get off , you'll see the entrance of the park on right side.

多少錢？請給我收據。
いくら ですか？レシート を ください。
i- ku-ra de-su-ka　re-shi -i- to　o　ku-da-sa-i

How much? Please give me the receipt.

夜行巴士／夜行バス乗車

03-16

JR夜行巴士要在哪裡搭乘？

ＪＲ 夜行 バス の 乗り場 は どこ ですか？
jee-aaru ya-koo ba-su no no-ri-ba wa do-ko de-su-ka

Where to take the JR night bus?

我想坐女士專用座。

女性専用席 に 座りたいです。
jo-sei-sen-yoo-seki ni suwa-ri-ta-i-de-su

I want to take the Ladies Seat.

我們將在高速公路休息站停留15分鐘。

高速道路 の サービスエリア に 15分 とどまる 予定 です。
koo-soku-doo-ro no sa-a-bi-su-e-ri-a ni juugo-fun to-do-ma-ru yo-tei de-su

We will stay at the highway service area for 15 minutes.

實用句型：這個～有到～嗎？

這個 （交通工具） 有到 （地點） 嗎？

この （交通工具） は （地點） まで 行きますか？
ko no wa ma-de i-ki-ma-su-ka

Does this （交通工具） go to （地點） ？

【文法解析】

日文的文法順序與中文差不多，唯一比較明顯的不同是「動詞＋受詞」的順序
顛倒。所以「到神戶嗎」日文變成「神戶到嗎」＝「神戶まで 行きますか」。

交通工具

201公車 ２０１番のバス ni-hyaku-ichi-ban-no-ba-su	南海電鐵 南海電鉄 nan-kai-den-tetsu	單軌電車 モノレール mo-no-re-e-ru	船 船 fu-ne
bus no.201	Nankai Railway	monorail	ship

地點

表參道之丘 表参道ヒルズ omote-san-doo -hi-ru-zu Omotesando Hills	關西機場 関西空港 kan-sai-kuu-koo Kansai Airport	台場 お台場 o-dai-ba Odaiba

搭公車／バス乗車

  03-17

小心！門要關了！
ドア が 閉まります。気 を 付けて ください。
do-a　ga shi-ma-ri-ma-su　ki　o tsu-ke-te ku-da-sa-i
The door is shutting. Please be careful.

我想到兼六園，請問要在哪一站下車？
兼六園 まで 行きたい の ですが、どこ で 降りれば いいですか？
ken-roku-en ma-de i-ki-ta-i no de-su-ga　do-ko de　o-ri-re-ba　i-i-de-su-ka
I want to go to Kenrokuen. Which stop should I get off?

在「市公所」下車，步行3分鐘就到。
「市役所」で 降りれば、3分 ほど 歩いて 着きます。
shi-yaku-sho　de　o-ri-re-ba　san-pun ho-do aru-i-te tsu-ki-ma-su
Get off at "City Hall" bus stop, and then walk about 3 minutes.

請幫我按一下下車鈴，謝謝！
ブサー を 押して もらいたいです。ありがとうございます。
bu-sa-a　o　o-shi-te mo-ra-i-ta-i-de-su　a-ri-ga-to-o-go-za-i-ma-su
Please press the bell for me, thank you.

請問開往「銀閣寺」的公車幾點會到？
「銀閣寺」まで の バス は 何時 に 来ますか？
gin-kaku-ji　ma-de no ba-su wa nan-ji　ni　ki-ma-su-ka
What time does the bus to "Ginkakuji Temple" come?

搭長途巴士／高速バス乗車

 03-18

我用網路訂了兩張到河口湖的票。

インターネット で 河口湖 まで の 切符 を 2枚 予約 しましたが。
i -n -ta -a -ne -tto de kawa-guchi-ko ma-de no ki -ppu o ni-mai yo-yaku shi-ma-shi-ta-ga

I booked 2 tickets for Kawaguchi Lake by internet (I want to get it).

往河口湖的車，請在3號乘車處搭乘。

河口湖 行き の バス は、3番 乗り場 で 乗って ください。
kawa-guchi-ko yu-ki no ba-su wa san-ban no -ri -ba de no - tte ku-da-sa-i

Please take the bus for Kawaguchi Lake at bus stop no.3.

實用句型：你不～不行（必須的意思）

你不_____不行。

_____ しなければ いけません。
shi-na-ke -re -ba i -ke-ma-se- n

You have to _____ .

【文法解析】

日文裡「必須做～」的句子，用「如果不做～就不行」的文法來表現。

補票 清算 sei- san pay the additional fare	訂位 予約 yo- yaku make the reservation
取消 キャンセル kya - n -se -ru cancel	申請 申込み mooshi-ko -mi apply

搭地下鐵和電車／地下鉄・電車乗車

  03-19

往澀谷的電車站在哪裡？

渋谷 へ の 電車 の 駅 は どこですか？
shibu-ya he no den-sha no eki wa do-ko-de-su-ka

Where is the train station to Shibuya?

沒有到澀谷的電車，你必須轉車。

渋谷 まで の 電車 は ありません。
shibu-ya ma-de no den-sha wa a-ri-ma-se-n

乗り換え しなければ いけません。
no-ri-ka-e shi-na-ke-re-ba i-ke-ma-se-n

No train to Shibuya. You have to change the trains.

請問有英文的地下鐵路線圖嗎？

英語 の 地下鉄 路線図 は ありますか？
ei-go no chi-ka-tetsu ro-sen-zu wa a-ri-ma-su-ka

Is there a subway lines map in English?

請先搭日比谷線到上野，再換搭銀座線。

日比谷線 で 上野 まで 行って、そこで 銀座線 に 乗り換えて ください。
hi-bi-ya-sen de ue-no ma-de i-tte so-ko-de gin-za-sen ni no-ri-ka-e-te ku-da-sa-i

Take Hibiya line to Ueno, and change to Ginza line there.

買票／切符の購入

  03-20

售票處在哪裡？

切符 売り場 は どこ ですか？
ki-ppu u-ri-ba wa do-ko de-su-ka

Where is the ticket counter?

在轉角那裡。

あそこ の 角 です。
a-so-ko no kado de-su

Around the corner.

要如何用自動售票機買票？

どう やって 自動券売機 で 切符 を 買いますか？
do-o ya-tte ji-doo-ken-bai-ki de ki-ppu o ka-i-ma-su-ka

How to buy tickets by the ticket machine?

我要買一張一日乘車券

一枚 の 一日乗車券 を 買いたい ですが。
ichi-mai no ichi-nichi-joo-sha-ken o ka-i-ta-i de-su-ga

I want to buy a one-day pass.

到淺草要多少錢呢？

浅草 まで は いくら ですか？
asa-kusa ma-de wa i-ku-ra de-su-ka

How much does it cost to Asakusa?

【補充說明】
日本的電車，會依車速與停靠車站的多寡，分成「特急」、「急行」與「普通」電車。「特急」最快，只停靠大站，有些特急列車內的部分車廂還規劃了需要劃位的「指定席」（shi-tei-seki），搭乘這類的劃位坐，要到櫃台購票，價錢當然也比較貴。次快的是「急行」，最慢的是「普通」。因為「普通」電車每站都停，所以又被稱「各停」（kaku-tei），顧名思義就是各站都停。沒有劃位問題的話，這三種電車的車資都是一樣的。

實用字彙

價錢 料金 ryoo-kin fare	車票 乗車券 joo-sha-ken ticket	（找回的）零錢 おつり o-tsu-ri change
取消 取り消し to-ri-ke-shi cancel	儲值卡 IC カード ai-shii ka-a-do IC card	一日乘車券 一日 乗車券 ichi-nichi joo-sha-ken one-day pass
自動補票機 自動精算機 ji-doo-sei-san-ki supplementary machine	投幣式置物櫃 コインロッカー ko-i-n-ro-kka-a coin locker	剪票口 改札口 kai-satsu-kuchi platform wicket

實用句型：到～要多少錢？

到＿＿＿＿＿＿要多少錢？

＿＿＿＿＿＿ まで いくら ですか？
　　　　　　ma-de　i-ku-ra　de-su-ka

How much does it cost to ＿＿＿＿＿＿?

【文法解析】
前面介紹過「到 地點＝地點 まで」，以及「多少錢＝いくら」。所以，沒錯，「到～要多少錢？＝～まで いくら？」口語表現就是這麼簡單。

站名

東京 **東京** too-kyoo Tokyo	大阪 **大阪** oo-saka Osaka	京都 **京都** kyoo -to Kyoto	鹿兒島 **鹿児島** ka - go- shima Kagoshima

金額

120元 １２０円 hyaku-ni-juu en 120 yen	190元 １９０円 hyaku-kyuu-juu en 190 yen	210元 ２１０円 ni-hyaku-juu en 210 yen	400元 ４００円 yon-hyaku en 400 yen

月台／プラットホーム

  03-21

往神戶的電車是在第幾月台？
神戸 行き の 電車 は 何番線 ですか？
koo-be　yu-ki　no　den-sha　wa　nan-ban-sen　de-su-ka
Which platform is the train to Kobe?

你走錯月台了，第三月台在那邊。
間違いました。三番線 は あそこ です。
ma-chiga -i -ma-shi-ta　san-ban-sen wa a -so-ko de-su
You are on the wrong platform. Platform 3 is over there.

這個電車有到神戶嗎？
この 電車 は 神戸 まで 行きますか？
ko no den-sha wa koo-be ma-de i - ki-ma-su-ka
Does this train go to Kobe?

第一月台下一個進站的是10:30往橫濱的特急電車。
次 の 一番線 の 電車 は10時 30分 発 横浜 行き の 特急 です。
tsugi no ichi-ban-sen no den-sha wa juu - ji sanju-ppun hatsu yoko-hama yu-ki no to-kkyu de-su
The next train to the first platform is 10:30 Express train to Yokohama.

第二月台列車即將出發。
二番線 に 電車 が 発車 いたします。
ni- ban-sen ni den-sha ga ha-ssha i -ta-shi-ma-su
The train in the second platform is going to leave.

第三月台列車即將進站。
三番線 に 電車 が 到着 いたします。
san-ban-sen ni den-sha ga too-chaku i -ta-shi-ma-su
The train is arriving to the third platform.

12:25的電車，現在將會晚8分鐘進站。
12時 25分 の 電車 は、ただいま 8分 ほど 遅れて おります。
juuni- ji nijuugo-fun no den-sha wa ta-da-i -ma ha-ppun ho-do oku-re-te o -ri-ma-su
The 12:25 train is just delayed for 8 minutes.

車門即將關閉，請小心腳邊安全。
ドア が 閉まります。足元 に ご注意 ください。
do-a ga shi-ma-ri-ma-su ashi-moto ni go-cyuu-i ku-da-sa-i
The door is shutting. Please watch your step.

基本
用語

溝通

交通

飲食

購物

觀光

住宿

突發
狀況

車廂內／車内

  03-22

我要到上野站，請問還有幾站才到？
上野駅 まで 行きたい の ですが、ここ から いくつ目 ですか？
ue- no -eki ma-de i- ki-ta- i   no de-su-ga   ko-ko ka-ra i- ku-tsu-me de-su-ka
I want to go to Ueno station. How many stops from here?

到上野站的時候請叫我。
上野駅 に 着いたら 教えて ください。
ue- no -eki ni tsu- i -ta-ra oshi-e- te ku-da-sa- i
Please tell me when arriving at Ueno station.

實用字彙

1站 一つ目 hito-tsu -me one stop	2站 二つ目 futa-tsu -me two stops	3站 三つ目 mi- ttsu- me three stops	4站 四つ目 yo-ttsu- me four stops

確認出口／出口の確認

  03-23

我要到三越百貨。請問要在幾號出口出站？
三 越 デパート に 行きたい の ですが、
mitsu-koshi de-pa- a- to ni   i- ki-ta- i   no de-su-ga

何番 出口 を 出たら いい ですか？
nan-ban de-guchi o de-ta-ra i- i   de-su-ka
I want to go to Mistukoshi Department.Which exit should I take?

從2號出口出去後，右轉就是百貨公司地下1樓。
2番 出口 を 出て 右に 曲がったら、デパート の 地下 1階 になります。
ni-ban de-guchi o de-te migi-ni ma-ga- tta-ra   de-pa- a-to no chi-ka i-kkai ni-na-ri-ma-su
Leave by exit 2 and turn right, then you can get to the first basement of the department.

實用句型：～在哪裡？

_____在哪裡？

_____ は どこ ですか？
wa do-ko de-su-ka

Where is the _____ ?

【文法解析】

日文的文法順序與中文差不多。想詢問「車站是在哪裡」的話，「車站＝駅」、「是＝は」、「哪裡＝どこ」，所以日文口語表現就是「駅はどこ？」，很好猜。

地點

入口 入り口 i - ri-guchi entrance	出口 出口 de-guchi exit	廁所 トイレ to - i - re toilet
櫃檯 受付 uke-tsuke front desk	賣票處 切符売り場 ki - ppu - u - ri - ba ticket office	警察局 交番 koo-ban police office

方位

這裡 ここ ko -ko here	那裡 そこ so-ko there	左邊 左 hidari left	右邊 右 migi right
前方 前 mae front	後方 後ろ ushi-ro back	對面 向こう mu- ko- o opposite	隔壁 隣 tonari next

東 東 higashi east	西 西 nishi west	南 南 minami south	北 北 kita north
左轉 左折 sa-setsu turn left	右轉 右折 u -setsu turn right	上樓梯 階段上がり kai- dan - a - ga - ri go up the stairs	
下樓梯 階段下がり kai- dan- sa- ga- ri go down the stairs		直走 まっすぐ行く ma - ssu- gu- i - ku go straight	
過地下道 地下通路を通る chi -ka-tsuu -ro -o -too -ru through the underpass		很近 近い chika-i near	很遠 遠い too - i far

實用句型：詢問出口站

在幾號出口出站？

何番 出口 を 出たら いい ですか？
nan-ban de-guchi o de-ta-ra i - i de-su-ka

Which exit should I take?

【文法解析】
動詞「出去／離開＝出る」。從某個地點離開的話，日文表現「地點＋を＋出る」，注意助詞要用「を」。

2號出口 2番出口 ni-ban de-guchi exit 2	3號出口 3番出口 san-ban de-guchi exit 3	5號出口 5番出口 go-ban de-guchi exit 5

搭新幹線／新幹線乗車

 03-24

要如何買新幹線的車票？

どうやって 新幹線 の 切符 を 買いますか？

do-o-ya -tte shin-kan-sen no ki -ppu o ka -i -ma-su-ka

How to buy the ticket of the bullet train?

所有JR車站的綠色窗口都可購買。

すべて の JR駅 構内 の 緑 の 窓口 で 買えます。

su-be -te no jee-aaru -eki koo-nai no midori no mado-guchi de ka -e -ma-su

You can buy tickets at Green Window inside all JR stations.

到～必須轉車嗎？

～まで 乗り換え しなければ いけませんか？

ma-de no-ri- ka- e shi-na-ke -re -ba i -ke-ma-se -n -ka

Do I have to change the trains to ～ ?

要轉車。／不用轉車。

はい、乗り換え しなければ いけません。

ha -i no-ri- ka- e shi-na-ke -re -ba i -ke-ma-se -n

いいえ、乗り換え しなくても いいです。

i -i -e no-ri- ka- e shi-na -ku -te-mo i -i de -su

Yes, you do. / No, you don't.

我要一張晚上7點發車到京都的票。

19時 発 京都 まで の 切符 を 1枚 ください。

juu-ku -ji hatsu kyoo-to ma-de no ki -ppu o ichi-mai ku-da-sa-i

One ticket for Kyoto at 19:00, please.

火車便當要多少錢？

駅弁 は いくら ですか？

eki- ben wa i -ku-ra de -su-ka

How much is the "Ekiben" box lunch?

JR乘車證要怎麼使用？

JR パス は どうやって 使いますか？

jee-aaru pa-su wa do-o-ya - tte tsuka-i -ma-su-ka

How to use the JR pass ?

請問到函館是幾點？

何時 に 函館 に 着きますか？

nan - ji   ni hako-date ni tsu-ki-ma-su-ka

What time does it get to Hakodate?

租車／レンタカー

  03-25

我想租小型車。

コンパクト・カー を 借りたい の ですが。

ko-n-pa-ku-to   ka -a   o   ka-ri-ta -i   no   de-su-ga

I want to rent a compact car.

我在貴公司網站預約了租車。

御社 の ホームページ から レンタカー を 予約 しました。

on-sya no ho- o- mu-pe -e -ji ka-ra re-n-ta-ka-a   o   yo-yaku shi-ma-shi-ta

I reserved a rental car through your website.

請出示你的駕照與護照。

運転免許 と パスポート を 見せて ください。

un- ten-men-kyo to pa-su- po- o- to   o   mi- se- te ku-da-sa-i

Please show me your driver's license and passport.

汽車導航是免費的嗎？

カーナビ は 無料 ですか？

ka- a- na-bi wa mu-ryoo de-su-ka

Is the car navigation for free?

我必須購買車損免責險嗎？

免責補償 を 買わなければ いけませんか？

men-seki -ho-shoo o   ka-wa-na-ke-re-ba   i- ke-ma-se- n- ka

Do I have to buy the loss damage waiver?

還車／返車

 03-26

還車時，請將油箱加滿。

返却 の 時、ガソリン を 満タン に してください。
hen-kyaku no toki　ga-so-ri-n　o　man-ta-n　ni　shi-te-ku-da-sa-i

Please be sure to return the car with a full tank of gas.

這附近哪裡有加油站？

この 辺 の どこ に ガソリンスタンド が ありますか？
ko no hen no do-ko ni ga-so-ri-n-su-ta-n-do ga　a-ri-ma-su-ka

Where can I find the gas station around here?

我要加一般／高級汽油。

ガソリン の レギュラー ／ ハイオク で お願いします。
ga-so-ri-n　no　re-gyu-ra-a　　ha-i-o-ku de　o-nega-i-shi-ma-su

Regular / premium ,please.

我可以把車子放置某處等於還車了嗎？

乗り捨て は できますか？
no-ri-su-te　wa　de-ki-ma-su-ka

Can I drop off the car?

超過時間要加錢嗎？

時間 を 超えたら 追加料金 が 要りますか？
ji-kan o　ko-e-ta-ra tsui-ka-ryoo-kin　ga　i-ri-ma-su-ka

Do I need to pay the additional fee if over time?

實用字彙

小型車 コンパクト・カー ko-n-pa-ku-to　　ka-a compact car	中型車 中型車 chuu-gata-sha mid-size car	高級車 高級車 koo-kyuu-sha luxury car

基本
用語

溝通

交通

飲食

購物

觀光

住宿

突發
狀況

休旅車 ＳUV esu-yuu-vi SUV	跑車 スポーツ・カー su -po - o -tsu　ka -a sports car	省油車 燃費 の いい 車 nen - bi　no　i - i　kuruma good mileage car
自排車 自動車 ji - doo -sha automatic	手排車 変速レバー車 hen-soku-re- ba - a- sha stick shift	汽車 車 kuruma car

實用句型：～是免費的嗎？

_____ 是免費的嗎？

_____ は 無料 ですか？
　　　　　wa　mu-ryoo　de-su-ka

Is _____ for free?

嬰兒安全座椅 ベビーシート be- bi - i - shi - i - to infant car seat	兒童安全座椅 チャイルドシート cha - i - ru -do-shi - i - to child seat	汽車導航 カーナビ ka - a - na- bi car navigation
車損免責險 免責補償 men-seki -ho-shoo collision damage waiver	接送 送迎 soo -gei pick-up	地圖 マップ ma - ppu map
停車 駐車 chuu-sha parking	送車（到指定地點） 配車 hai -sha car sending	

04 飲食

dining

日本是美食的天堂，舉凡壽司、拉麵、烏龍麵、定食、火鍋、串燒、烤肉、會席料理等等，都很值得一嚐。

日本料理不僅味道講究，食材講究，擺盤也很講究。

讓我們趕緊學幾句實用的餐廳會話，前往各式各樣的日本餐廳大快朵頤一番去！

基本用語／基本用語

04-01

歡迎光臨，請問有幾位？
いらっしゃいませ。何名様 でしょうか？
i-ra-ssha-i-ma-se　nan-mei-sama de-sho-o-ka
Welcome. How many people are there?

2位。有位子嗎？
2名 です。席 は ありますか？
ni-mei de-su　seki wa　a-ri-ma-su-ka
Is there a table for two?

抱歉，現在客滿了。
申し訳 ございません、ただいま 満席 です。
moo-shi-wake go-za-i-ma-se-n　ta-da-i-ma man-seki de-su
Sorry, no table is available.

您可能必須等15分鐘。
15分 ほど お待ち いただかなければ ならない よう です。
juu-go-fun　ho-do　o-ma-chi　i-ta-da-ka-na-ke-re-ba na-ra-na-i　yo-o de-su
You probably need to wait fifteen minutes.

您願意和其他人共桌嗎？
相席 に なりますが、よろしい でしょうか？
ai-seki ni na-ri-ma-su-ga　yo-ro-shi-i　de-sho-o-ka
Do you mind sharing a table with others?

好的，現在為您帶位，這邊請。
はい、ただいま 案内 致します。こちら へ どうぞ。
ha-i　ta-da-i-ma an-nai ita-shi-ma-su　ko-chi-ra he do-o-zo
This way please. I'll take you to your seat.

這是本店的菜單，請先看。
こちら は 当店 の メニュー です。先に ご覧ください。
ko-chi-ra wa too-ten no me-nyu-u de-su　saki-ni go-ran-ku-da-sa-i
Please have a look at our menu first.

不好意思，讓您久等了。
たいへん お待たせ 致しました。
ta-i -he-n　o-ma-ta-se　ita-shi-ma-shi-ta

Sorry to keep you waiting.

可以點餐了嗎？
ご注文 は 決まりましたか？
go-chuu-mon　wa　ki-ma-ri-ma-shi-ta-ka

Are you ready to order?

請問要點什麼呢？
何 に なさいますか？
nani　ni　na-sa-i-ma-su-ka

What would you like to order?

我是台灣人，不太懂日文。
台湾人 です。日本語 が あまり 分かりません。
tai-wan-jin　de-su　ni-hon-go　ga　a-ma-ri　wa-ka-ri-ma-se-n

I'm Taiwanese.I don't understand Japanese very well.

不好意思，有會英文或中文的服務人員嗎？
すみません、英語 か 中国語 か できる 係り は いますか？
su-mi-ma-se-n　ei-go　ka　chuu-goku-go　ka　de-ki-ru　kaka-ri　wa　i-ma-su-ka

Excuse me, is there any waiter or waitress speaking Chinese or English?

請問有中文或英文的菜單嗎？
中国語 か 英語 か の メニュー が ありますか？
chuu-goku-go　ka　ei-go　ka　no　me-nyu-u　ga　a-ri-ma-su-ka

Do you have the menu in Chinese or English?

我要外帶。
持ち帰りたいです。
mo-chi-kae-ri-ta-i-de-su

I want to take away.

好的，馬上來
はい、すぐ 伺います。
ha-i　su-gu　ukaga-i-ma-su

All right,I am coming.

我幫您收拾盤子
お皿 を 下げても よろしいですか？
o -sara o   sa- ge -te-mo yo-ro-shi- i -de-su-ka
May I remove the finished dishes?

謝謝光臨
どうも ありがとうございました。
do-o-mo   a - ri-ga- to- o -go-za- i -ma-shi-ta
Thank you for coming.

餐中常用的敬語／よくある食事敬語 04-02

	一般表現	敬語表現
我來做……	〜します。 shi-ma-su	〜致します。 ita -shi-ma-su 〜させて いただきます。 sa -se -te i- ta -da -ki -ma-su
可以嗎？	いい ですか？ i - i de-su-ka	よろしい でしょうか？ yo- ro-shi - i de-sho- o-ka
對不起	ごめんなさい go-me- n - na -sa -i	申し訳 ございません moo-shi-wake go-za- i - ma-se -n
抱歉，打擾一下	すみません su- mi -ma-se - n	失礼 致します shitsu-rei ita -shi-ma-su

這是……	これ は～です ko-re wa de-su	こちら～でございます。 ko-chi-ra de-go-za-i-ma-su こちら～になります。 ko-chi-ra ni-na-ri-ma-su
有……	～が あります ga a-ri-ma-su	～ございます go-za-i-ma-su
請做……	～ください。 ku-da-sa-i	～くださいませ。 ku-da-sa-i-ma-se
知道了	わかりました。 wa-ka-ri-ma-shi-ta	かしこまりました。 ka-shi-ko-ma-ri-ma-shi-ta

確認位子／席の確認

 04-03

請問有預約嗎？
予約 されて います でしょうか？
yo-yaku sa-re-te i-ma-su de-sho-o-ka
Have you had a reservation?

我是預約12點4個人的陳先生。
12時 から 4名で 予約 した 陳 です。
juu-ni-ji ka-ra yon-mei-de yo-yaku shi-ta chin de-su
I'm Chen, with a reservation for four at twelve o'clock.

選擇位子／席の選択

 04-04

本店只有立食區，沒有座位。
当店 は 全部 立 食 席 で、 一般 の 席 が ありません。
too-ten wa zen-bu ri-sshoku-seki de i-ppan no seki ga a-ri-ma-se-n
Our restaurant is buffet seat only, no general seat.

有禁菸區的位子嗎？
禁煙席 は ありますか？
kin-en-seki wa a-ri-ma-su-ka
Is there any non-smoking table?

有嬰兒座椅嗎？
ベビーチェア は ありますか？
be-bi-i-che-a wa a-ri-ma-su-ka
Do you have the baby dining chair?

坐吧檯位子可以嗎？
カウンター 席 は よろしい の でしょうか？
ka-u-n-ta-a seki wa yo-ro-shi-i no de-sho-o-ka
Is the counter seat OK?

我想換坐戶外的位子。
外 の 席 に 移りたい の ですが。
soto no seki ni utsu-ri-ta-i no de-su-ga
I'd like to change to the outdoor table.

我可以在這裡吸菸嗎？
ここ で タバコ を 吸っても いい ですか？
ko-ko de ta-ba-ko o su-tte-mo i-i de-su-ka
May I smoke here?

請不要抽菸。
タバコ を 吸わないで ください。
ta-ba-ko o su-wa-na-i-de ku-da-sa-i
Please don't smoke.

行李該放哪裡呢？

荷物 は どこ に 置けば いいですか？
ni-motsu wa do-ko ni o-ke-ba i-i-de-su-ka

Where should I put the baggage?

實用句型：有～的位置嗎？

有＿＿＿＿＿＿＿的位子嗎？

＿＿＿＿＿＿ は ありますか？
wa a-ri-ma-su-ka

Is there any ＿＿＿＿＿＿ table？

【文法解析】

「～的位子」日文可以是「名詞＋の＋席」或是「形容詞＋席」。而「名詞＋の＋席」的の會因使用習慣而加或不加，基本上加の在文法上一定不會有問題。

吸菸區位子 喫煙 席 kitsu-en seki smoking table	禁菸區位子 禁煙 席 kin-en seki non-smoking table	吧檯位子 カウンター 席 ka-u-n-ta-a seki counter seat
包廂位子 個室 ko-shitsu balcony	和室位子 座敷 za-shiki tatami seat	靠窗坐位 窓際 の 席 mado-giwa no seki window seat
嬰兒餐椅 ベビーチェア be-bi-i-che-a baby dining chair	放置輪椅 車椅子置き場 kuruma-i-su-o-ki-ba wheelchair place	2樓座位 二階 の 席 ni-kai no seki seats on the second floor

點餐／注文

  04-05

請給我菜單與酒單。
メニュー と ワイン・リスト を ください。
me-nyu - u to wa - i - n   ri -su -to o ku-da-sa-i
The menu and wine list, please.

每日套餐是什麼？
日替わり 定食 は 何 ですか？
hi - ga -wa -ri tei-shoku wa nan de-su -ka
What is Today's Special?

請問你們的招牌菜是什麼？
看板料理 は 何 ですか？
kan-ban-ryoo- ri wa nan de-su -ka
What's your special dish?

我不吃牛肉
牛肉 は 食べません。
gyuu-niku wa   ta -be-ma-se-n
I do not eat beef.

有沒有提供素菜？
精進 料理 は ありませんか？
shoo-jin ryoo- ri wa a -ri-ma-se-n -ka
Do you serve any vegetarian meal?

套餐有附飲料嗎？
セット なら 飲み物 付き ですか？
se - tto na -ra   no-mi-mono tsu -ki de-su -ka
Is the set meal with free beverage?

決定要點什麼了嗎？
ご注文 は お決まり に なりましたか？
go-chuu-mon wa o - ki ma-ri ni na-ri-ma-shi-ta- ka
Are you ready to order?

還沒。
まだ です。
ma-da de-su
Not yet.

我要點一份炸雞。
唐揚げ を 一つ お願いします。
kara- a - ge o hito-tsu o -nega- i -shi-ma-su
I'd like to have a fried chicken.

這道菜會辣嗎？
この 料理 は 辛い ですか？
ko no ryoo- ri wa kara- i de-su-ka
Is this dish spicy?

我要辣一點。
やや 辛くして もらいたい です。
ya-ya kara-ku-shi- te mo-ra -i - ta - i de-su
More spicy, please.

以上這些就好了嗎？
以上 で よろしい でしょうか？
i - joo de yo- ro-shi - i de-sho- o -ka
Is that all?

實用字彙

酸 すっぱい su - ppa - i sour	甜 甘い ama- i sweet	苦 苦い niga- i bitter
辣 辛い kara- i spicy	鹹 しょっぱい sho - ppa - i salty	清淡 薄い usu - i light

實用句型：～是什麼？

  04-06

_____是什麼？

_____ は 何 ですか？
wa　nan　de-su-ka

What is _____?

【文法解析】

「何」這個字有兩種唸法：nani 和 nan。單獨出現一定唸 nani，例如口語問「什麼事／什麼？＝何（nani）？」。如果後面加 ですか，就一定唸 nan。

主廚推薦料理 シェフ の お勧め 料理 she-fu　no　o-susu-me ryoo-ri chef's Recommendation	特餐 スペシャル・メニュー su-pe-sha-ru　me-nyu-u special
創作料裡 オリジナル 料理 o-ri-ji-na-ru ryoo-ri original cuisine	今日午餐 今日 の ランチ kyo-o　no　ra-n-chi today's Lunch
西式套餐 コース・メニュー ko-o-su　me-nyu-u set menu	素食 精進料理 shoo-jin-ryoo-ri vegetarian meal

實用句型：我要～。

我要_____。

_____ を お願いします。
o　o-nega-i　shi-ma-su

Please give me the _____ .

【文法解析】

點菜或買東西時，可以用這個句子。「拜託給我～」＝「～を お願い します。」

牛排 ステーキ su-te-e-ki steak	沙拉 サラダ sa-ra-da salad	蔬菜 野菜 ya-sai vegetable	餃子 餃子 gyoo-za dumpling	味噌湯 味噌汁 mi-so-shiru miso soup
蕎麥麵 そば so-ba Soba	咖哩飯 カレーライス ka-re-e-ra-i-su curry rice	可樂餅 コロッケ ko-ro-kke croquette	釜飯 釜飯 kama-meshi boiled pot rice	荷包蛋 目玉焼き me-dama-ya-ki fried egg
拉麵 ラーメン ra-a-me-n ramen	天婦羅 天ぷら tem-pu-ra tempura	壽喜燒 すき焼き su-ki-ya-ki sukiyaki	關東煮 おでん o-de-n oden	烤魚 焼き魚 ya-ki-zakana grilled fish

火鍋 鍋物 nabe mono hot pot	親子丼 親子丼 oya-ko-don a bowl of rice with chicken and eggs	鰻魚飯 うなぎ丼 u-na-gi-don a bowl of eel and rice
炸豬排 トンカツ to-n-ka-tsu pork cutlet	鹽燒鯖魚 さばの塩焼き sa-ba-no-shio-ya-ki salt-grilled mackerel	筍乾 メンマ me-n-ma Seasoned bamboo shoots
義大利麵 スパゲティー su-pa-ge-ti-i spaghetti	讚岐烏龍麵 讚岐うどん sanu-ki-u-do-n Sanuki udon noodles	蒲燒鰻 うなぎの蒲焼 u-na-gi no kaba-yaki grilled eel
奶油焗烤 グラタン gu-ra-ta-n gratin	馬鈴薯燉肉 肉じゃが niku-ja-ga pork & potato in broth	日式煎蛋 玉子焼き tama-go-ya-ki Japanese-style chunky omelet
白飯 ごはん go-ha-n cooked rice	茶泡飯 お茶漬け o-cha-zu-ke rice & toppings in green tea	納豆 納豆 na-ttoo fermented soy beans
涮涮鍋 しゃぶしゃぶ sha-bu-sha-bu syabu syabu	炒牛蒡 キンピラ ki-n-pi-ra stir-fried burdock & carrot	鐵板豆腐 豆腐ステーキ too-fu-su-te-e-ki sizzling stuffed beancurd

上菜／料理が出る時

 04-07

基本
用語

溝通

交通

飲食

購物

觀光

住宿

突發
狀況

讓你久等了，這是A套餐。
お待たせ しました。こちら Aセット でございます。
o - ma-ta- se shi-ma-shi-ta   ko-chi-ra ei se - tto de-go -za - i - ma- su
I'm sorry for keeping you waiting. Here is A meal.

咖哩飯是哪一位的？
カレー・ライス の お客様？
ka -re- e   ra - i - su no o-kyaku-sama
Here is the curry rice. Which one ordered it?

（那份餐點）是我的。
私 の です。
watashi no de - su
It's mine.

您點的餐都到齊了嗎？
ご注文 は すべて 揃いましたか？
go-chuu-mon wa su- be -te soro -i -ma-shi-ta- ka
Have all your order arrived?

蛋包飯還沒來。
オム・ライス は まだ 来て いません。
o - mu   ra - i - su wa ma-da   ki - te   i - ma-se- n
We are still waiting for the fried rice in omelet.

還少一杯紅茶。
紅茶 は 一つ まだ 来て いません。
koo-cha wa hito-tsu ma-da   ki - te   i - ma-se- n
We are still waiting for a cup of tea.

都有了。
全部 来ました。
zen- bu   ki - ma-shi -ta
All arrived.

用餐／食事

 04-08

開動。
いただきます。
i - ta -da -ki -ma-su
Let's eat.

可以再給我一個濕紙巾嗎？
お絞り を もう 一つ もらえますか？
o-shibo-ri o mo-o hito-tsu mo-ra-e-ma-su-ka
May I have one more rolled hand towel?

我吃飽了。
お腹 が いっぱい です。
o -naka ga i - ppa - i de-su
I'm full.

請把這些收走。
これら を 下げて ください。
ko -re -ra o sa -ge -te ku-da-sa-i
Please take the plates.

實用句型：可以再給我一個～嗎？

可以再給我一個_____嗎？

_____を もう 一つ もらえますか？
o mo-o hito-tsu mo-ra-e-ma-su-ka

May I have one more _____ ?

【文法解析】

用餐時，偶爾需要服務生更換餐具或添加餐具，除了使用例句「～をもう一つもらえますか？」之外，還可使用一個更簡單常用的句型「請給我一個～＝～ を一つください」。

實用字彙

筷子 お箸 o-hashi chopsticks	茶杯 湯のみ yu -no -mi tea cup	盤子 お皿 o -sara plate
湯匙 スプーン su -pu - u -n spoon	刀子 ナイフ na - i - fu knife	叉子 フォーク fo - o - ku fork
煙灰缸 灰皿 hai-zara ashtray	1套餐具 1人分の食器 hito-ri-bun- no -sho -kki a dinner set	玻璃杯 グラス gu -ra -su glass

基本
用語

溝通

交通

飲食

購物

觀光

住宿

突發
狀況

點酒／お酒の注文

  04-09

我要點1杯／1瓶紅酒。
一杯／一本 の 赤ワイン を お願いします。
i -ppai　　i -ppon　no　aka-wa - i - n　o　o -nega- i -shi-ma-su
I'll have a glass / a bottle of red wine.

啤酒喝到飽的3人份。
ビール 飲み放題 を 三人前 お願いします。
bi - i - ru　no - mi- hoo-dai　o　san-nin-mae　o -nega- i -shi-ma-su
Three servings of beer all-you-can-drink,please.

溫熱的清酒很好喝。
暖かい おさけ が おいしい です。
atata-ka - i　o - sa-ke　ga　o - i - shi- i　de-su
Warm sake is delicious.

實用字彙

生啤酒 生ビール nama-bi - i - ru draft beer	瓶裝啤酒 瓶ビール bin - bi - i - ru bottle beer	罐裝啤酒 缶ビール kan- bi - i - ru can beer	日本酒 日本酒 ni - hon-shu sake
燒酒 焼酎 shoo-chuu shochu spirits	調味燒酒 チューハイ chu - u - ha - i shochu-based cocktail		沙瓦 サワー sa -wa -a sour
香檳 シャンパン sha - n - pa - n champagne	威士忌加水 水割り mizu-wa - ri a whiskey and water		葡萄酒 ワイン wa - i - n wine
清酒 さけ sa-ke sake	泡盛 泡盛 awa-mori awamori	米酒 ビーシュー bi - i -syu - u rice wine	吟釀 吟釀 gin - joo special brew
氣泡酒 発泡酒 ha-ppoo-shu sparkling liquor	龍舌蘭 テキーラ te - ki - i - ra tequila	白蘭地 ブランデー bu - ra - n -de - e brandy	伏特加 ウォッカ wo - kka vodka
琴酒 ジン ji - n gin	梅酒 梅酒 ume-shu plum liquor	萊姆酒 ラム ra-mu rum	中國白酒 パイシュウ pa - i -syu - u Chinese spirits

【補充說明】

日本酒講究五味均衡。五味，就是甘味（kan-mi）、酸味（san-mi）、辛味（kara-mi）、苦味（niga-mi）、渋味（shibu-mi）。品嚐35度膚溫的日本酒（人肌燗酒 hito-hada-kan-zake）時，甘味變得更顯著，澀味、辛味反而會降低。這也就是為什麼偏甜的吟釀酒適合冷飲（冷酒rei-syu）。因為低溫時，可以抑制過濃的香氣與甘味，又能引出酒的鮮味。

點飲料／飲み物の注文

 MP3 04-10

我要點1杯／1壺水果茶。
一杯／ポット一杯 の 果物茶 を お願いします。
i -ppai　po -tto- i -ppai no kuda-mono-cha　o　o -nega- i -shi-ma-su

I'd like a cup / a pot of fruit tea.

我不要加冰塊。
氷なし で お願いします。
koori-na- shi　de　o -nega- i -shi-ma-su

No ice,please.

咖啡可以續杯。
コーヒー は お代わり 自由 です。
ko -o -hi- i　wa　o -ka-wa -ri　ji- yuu　de-su

You can refill your coffee.

實用字彙

可樂 コーラ ko - o - ra coke	咖啡 コーヒー ko - o - hi - i coffee	炭燒咖啡 炭 焼 コーヒー sumi-yaki-ko - o - hi - i roasted coffee
果汁 ジュース juu -u - su juice	薑汁汽水 ジンジャーエール ji - n -ja - a - e - e -ru ginger ale	烏龍茶 ウーロン茶 u - u -ro - n -cya oolong tea
可爾必思 カルピス ka -ru -pi -su calpis	綠茶 緑茶 ryoku-cya green tea	柳橙汁 オレンジジュース o - re - n -ji -ju - u - su orange juice

點甜點／デザートの注文

 04-11

請問要點什麼？
何 に なさいますか？
nani ni na-sa-i-ma-su-ka
What would you like?

我要一個草莓蛋糕和一杯咖啡。
ショート・ケーキ を 一つ と コーヒー を 一つ ください。
sho-o-to ke-e-ki o hito-tsu to ko-o-hi-i o hito-tsu ku-da-sa-i
One short cake and a cup of coffee, please.

實用字彙

宇治抹茶 宇治抹茶 u-ji-ma-ccha Uji Matcha	日式甜點 和菓子 wa-ga-shi Japanese sweets	蜜豆冰 あんみつ a-n-mi-tsu sweet bean parfait	金平糖 金平糖 kon-pei-too konpeito
櫻花麻糬 桜 餅 sakura-mochi rice cake in cherry leaf		銅鑼燒 どら焼き do-ra-ya-ki sweet bean pancake	
鯛魚燒 鯛焼き tai-ya-ki bream-shaped pancake	烤糰子 だんご da-n-go rice dumplings		大福餅 大福 dai-fuku daifuku
紅豆湯 しるこ shi-ru-ko sweet bean soup	甜饅頭 饅頭 man-juu sweet bean bun	羊羹 羊羹 yoo-kan sweet bean jelly	聖代 パフェ pa-fe parfait

草莓蛋糕 ショート・ケーキ sho‑o‑to　ke‑e‑ki short cake	泡芙 シュー・クリーム shu‑u　ku‑ri‑i‑mu cream puff	布丁 プリン pu‑ri‑n pudding	年輪蛋糕 ロール・ケーキ ro‑o‑ru　ke‑e‑ki roll cake
起司蛋糕 チーズ・ケーキ chi‑i‑zu　ke‑e‑ki cheese cake	可麗餅 クレープ ku‑re‑e‑pu crepe	鬆餅 ワッフル wa‑ffu‑ru waffle	提拉米蘇 ティラミス ti‑ra‑mi‑su tiramisù

壽司店／寿司屋

  04-12

給我一碗茶碗蒸。
茶碗蒸し を 一つ お願いします。
cha‑wan‑mu‑shi　o　hito‑tsu　o‑nega‑i‑shi‑ma‑su
I'd like a savory egg custard.

請不要加哇沙米。
わさび 抜き に してください。
wa‑sa‑bi　nu‑ki　ni　shi‑te‑ku‑da‑sa‑i
No mustard, please.

迴轉壽司的價錢怎麼算？
回転寿司 の 値段 は どう 決まりますか？
kai‑ten‑zu‑shi　no　ne‑dan　wa　do‑o　ki‑ma‑ri‑ma‑su‑ka
What is the price policy of the revolving sushi bar?

看盤子的顏色決定價錢。
お皿 の 色 で 値段 を 決めます。
o‑sara　no　iro　de　ne‑dan　o　ki‑me‑ma‑su
The price depends on the plate color.

我要結帳。
勘定 を お願いします。
kan‑joo　o　o‑nega‑i‑shi‑ma‑su
Check, please.

實用句型：我要想吃～壽司

我想要吃＿＿＿＿＿＿＿壽司。

＿＿＿＿＿寿司 を 食べたい です。
su- shi　o　ta-be-ta-i　de-su

I want to have ＿＿＿＿＿＿＿＿＿ sushi.

【文法解析】

壽司種類應有盡有，若要細問「想吃什麼壽司？」，可以用「什麼壽司＝何の寿司」來問，或是「什麼樣的壽司＝どのような寿司」來問，句子構成後就變成「何の／どのような 寿司 を 食べたいですか？」。

握壽司

握壽司 お握り o - nigi -ri sushi nigiri	蝦 えび e - bi shrimp	烏賊 いか i - ka squid	鮪魚 まぐろ ma-gu-ro tuna
大肥鮪魚肚 大とろ oo -to -ro fatty tuna maw	中肥鮪魚肚 中とろ chuu-to- ro tuna maw	鰻魚 うなぎ u -na -gi eel	海鰻 あなご a - na- go conger eel
鮭魚 鮭 sake salmon	鯛魚 鯛 tai sea bream	鯖魚 さば sa-ba mackerel	干貝 ホタテ ho -ta -te scallop

捲壽司

捲壽司 巻き物 ma -ki-mono sushi roll	鮪魚捲 鉄火巻 te -kka-maki tuna roll	納豆捲 納豆巻 na -ttoo-maki fermented soybean roll	小黃瓜捲 カッパ巻 ka - ppa-maki cucumber roll

軍艦壽司

軍艦壽司 軍艦巻 gun-kan-maki sushi warship	鮭魚卵 いくら i - ku-ra salmon roe	青蔥鮪魚肚 ねぎとろ ne -gi - to -ro leek and tuna maw
海膽 うに u - ni sea urchin	蟹膏 かにみそ ka - ni -mi -so crab spawn	蝦卵 海老の 卵 e - bi -no-tamago shrimp eggs

其他

生魚片 刺身 sashi-mi sashimi	味噌湯 味噌汁 mi - so-shiru miso soup	茶碗蒸 茶碗蒸し cha-wan-mu-shi savory egg custard	豆皮壽司 稲荷ずし ina - ri - zu-shi sushi inari

拉麵店／ラーメン屋

  04-13

請先用賣票機買餐券。
先に 券売機 で 食券 を 買って ください。
saki-ni ken- bai- ki de sho-kken o ka - tte ku-da-sa-i
Please buy the ramen ticket at the ticket vendor.

想吃什麼？
何 を 食べたい ですか？
nani o ta -be-ta -i   de-su-ka
What would you like to eat?

我想吃餃子跟拉麵。

餃子 と ラーメン を 食べたい です。
gyoo-za to ra-a-me-n o ta-be-ta-i de-su

I want to have dumplings and Chinese noodles.

請給我大碗的鹽味拉麵。

塩 ラーメン の 大盛り を ください。
shio ra-a-me-n no oo-mo-ri o ku-da-sa-i

A large salt ramen, please.

實用字彙

豚骨拉麵 とんこつ ラーメン to-n-ko-tsu ra-a-me-n rich pork ramen		味增拉麵 みそ ラーメン mi-so ra-a-me-n miso flavored ramen	
醬油拉麵 醤油 ラーメン shoo-yu ra-a-me-n soysauce flavored ramen		特濃豚骨拉麵 特濃とんこつラーメン toku-noo to-n-ko-tsu ra-a-me-n super rich pork ramen	
煎餃 焼き 餃子 ya-ki gyoo-za fried dumplings	地獄拉麵 地獄ラーメン ji-goku-ra-a-me-n super hot ramen	泡菜拉麵 キムチラーメン ki-mu-chi-ra-a-me-n kimchi ramen	蔥 ねぎ ne-gi leek
叉燒肉 チャーシュー cha-a-shu-u roasted pork fillet	滷蛋 玉子 tama-go egg	玉米 コーン ko-o-n corn	海苔 のり no-ri laver
豆芽菜 もやし mo-ya-shi bean sprouts	豆苗 貝割れ菜 kai-wa-re-na pea shoots	炸雞 唐揚げ kara-a-ge fried chicken	天婦羅渣 てんかす te-n-ka-su tenkasu

燒肉店／燒肉店

 04-14

這是限時90分鐘的烤肉吃到飽的菜單。

こちら９０分 限定 の 焼肉 食べ放題 の メニュー でございます。
ko-chi-ra kyuu-ju-ppun gen-tei no yaki-niku ta-be-hoo-dai no me-nyu-u de-go-za-i-ma-su

Here is the menu of grilled meat all-you-can-eat for 90 minutes limited.

我要牛五花兩人份、牛舌兩人份、雞腿一人份。

牛カルビ を 二人前、牛タン を 二人前 と 鶏モモ を 一人前。
gyu-ka-ru-bi o ni-nin-mae gyuu-ta-n o ni-nin-mae to tori-mo-mo o ichi-nin-mae

I'd like the cattle streaky for two, the beef tongue for two and the chicken leg for one.

需要飲料嗎？

飲み物 は いかが でしょうか？
no-mi-mono wa i-ka-ga de-sho-o-ka

Would you like any drink?

好啊，有什麼可以喝的？

はい、飲み物 は 何 が ありますか？
ha-i no-mi-mono wa nani ga a-ri-ma-su-ka

Yes, what kind of drink do you serve?

海鮮和其他東西最好分開烤。

海鮮 は 他 の もの と 分けて 焼いた 方 が いいです。
kai-sen wa hoka no mo-no to wa-ke-te ya-i-ta hoo ga i-i de-su

You had better grill the seafood and other things separately.

也可以用生菜包著肉吃喔。

お肉 を レタス に 包んで 食べても いいですよ。
o-niku o re-ta-su ni tsutsu-n-de ta-be-te-mo i-i-de-su-yo

You can wrap meat in a lettuce and eat.

請幫我換網子。

網 を 取り替えて ください。
ami o to-ri-ka-e-te ku-da-sa-i

Please change the net .

實用句型：我要～人份的～

我要 （份數） 人份 的 （餐點） 。

（餐點） を （份數） 人前 ください。
　　　　　o　　　　　　nin-mae　ku-da-sa-i

I'd like （份數） + （餐點） .

【文法解析】
這個單元出現很多「量詞＋名詞」的用法，大家可以記下來。中文表達「一人份的牛肉」，日文變成「牛肉を一人前」。而為了口語化，這個句子可將放在最後的動詞「請給我＝ください」給省略。

份數

一人份 一人前 ichi -nin-mae 1 serving	二人份 二人前 ni - nin-mae 2 servings	三人份 三人前 san -nin-mae 3 servings	四人份 四人前 yon -nin-mae 4 servings

肉類

牛肉 牛肉 gyuu-niku beef	牛五花 カルビ ka -ru -bi cattle streaky	牛菲力 ロース ro - o - su chuck roll	牛舌 牛タン gyuu-ta -n beef tongue
牛大腸 てっちゃん te - ccha - n beef intestine	生牛肉 ユッケ yu - kke raw beef	豬肉 豚肉 buta-niku pork	豬五花 豚カルビ buta-ka -ru -bi pig streaky
豬梅花 豚ロース bata-ro - o - su pork shoulder	豬頰肉 カシラ ka -shi -ra pork cheek	豬大腸 豚ホルモン buta-ho -ru -mo- n pork intestine	雞肉 鶏肉 tori -niku chicken

雞翅 手羽先 te -ba-saki	雞腿 鶏モモ tori-mo-mo	雞軟骨 軟骨 nan-kotsu	雞肉丸 鶏つくね tori-tsu-ku-ne
chicken wing	chicken thigh	chicken gristle	chicken meatball

蔬菜

蔬菜 野菜 ya - sai	高麗菜 キャベツ kya - be -tsu	生菜 レタス re -ta-su
vegetable	cabbage	lettuce
洋蔥 玉ねぎ tama-ne- gi	青椒 ピーマン pi - i -ma -n	蒜頭 にんにく ni - n - ni- ku
onion	green pepper	garlic

其他

奶油馬鈴薯 バター の ジャガイモ ba -ta- a no ja - ga- i -mo	香腸 ソーセージ so - o -se - e - ji	干貝 ほたて ho - ta- te	烏賊 いか i - ka
butter potato	sausage	scallop	squid

牛丼店／牛丼屋

  04-15

> 請先用賣票機買餐券。
> 先に 券売機 で 食券 を 買って ください。
> saki-ni ken-bai- ki de sho-kken o ka - tte ku-da-sa-i
> Please buy the ramen ticket at the ticket vendor.

實用句型：我要～的～

我要（分量）的（餐點）。

（餐點）の（份量）をください。
　　　　　no　　　　　　o ku-da-sa-i

I'd like a （分量）+（餐點）, please.

【文法解析】
中文順序是「大碗的牛丼飯」，變成日文的話，順序改成「牛丼飯的大碗」了哦！

份量

迷你量 ミニ mi -ni mini	一般量 並盛 nami-mori regular	大碗 大盛 oo -mori large	特大碗 特盛 toku-mori extra large

常見菜單

牛丼飯 牛丼 gyuu-don beef rice bowl	泡菜牛丼飯 キムチ 牛丼 ki -mu-chi gyuu-don kimchi and beef rice bowl	起司牛丼飯 チーズ 牛丼 chi - i - zu gyuu-don cheese and beef rice bowl
山藥泥牛丼飯 山かけ 牛丼 yama-ka- ke gyuu-don grated yam and beef rice bowl		豬肉蓋飯 豚丼 buta-don pork rice bowl
咖哩豬排飯 カツ・カレー ka-tsu　ka -re - e curry rice with pork cutlet	牛肉烤肉定食 牛焼肉 定食 gyuu-yaki-niku tei-shoku grilled beef set menu	薑燒豬肉定食 しょうが焼き 定食 sho - o -ga -ya -ki　tei-shoku ginger pork set menu

麻婆豆腐定食 マーボー豆腐 定食 ma-a-bo-o-doo-fu　tei-shoku spicy tofu set menu	豬肉蔬菜湯 豚汁 ton-jiru pork and vegetable soup
炸蝦蓋飯 天丼 ten-don shrimp tempura & rice bowl	親子蓋飯 親子丼 oya-ko-don chicken, eggs & rice bowl

冷豆腐 冷奴 hiya-yakko cold tofu	山藥泥 とろろ to-ro-ro grated yam	醬菜 お新香 o-shin-ko Japanese pickles

居酒屋／居酒屋

  04-16

我要先來1杯生啤酒，大杯的
まず、生ビール を ください。L サイズ で。
ma-zu　nama-bi-i-ru　o ku-da-sa-i　eru sa-i-zu　de
I'd like a big beer first.

請幫我加熱。
暖めて ください。
atata-me-te　ku-da-sa-i
Please warm it for me.

再來1杯一樣的！
お代わり！
o-ka-wa-ri
Please give me one more.

乾杯！
乾杯！
kan- pai

Cheers!

我想留一本菜單（點完菜後）。
一冊 の メニュー を 残したい の ですが。
i -ssatsu no me-nyu - u　o noko-shi-ta - i　no de-su-ga

I would like to keep a menu.

我要加點
追加 注文 したい の ですが。
tsui - ka chuu-mon shi-ta - i　no de-su-ga

I would like to order some more.

實用字彙（常見的居酒屋菜單）

毛豆 枝 豆 eda-mame green soy bean	綜合串燒 串焼盛合せ kushi-yaki-mori-awa- se assorted skewer	石鍋拌飯 石焼ビビンバ ishi-yaki -bi -bi - n - ba rice in stone pot
鮭魚茶泡飯 しゃけ茶漬け sha - ke -cha -zu - ke ochazuke with salmon	凱薩沙拉 シーザーサラダ shi - i -za - a - sa -ra -da caesar salad	烤烏賊 イカの丸焼き i -ka -no-maru- ya - ki roasted squid
綜合生魚片 刺身盛合せ sashi-mi-mori-awa- se assorted Sashimi	廣島燒 広 島風お好み焼 hiro-shima-fuu- o -kono-mi -yaki hiroshima-style Okonomiyaki	

速食店／ファストフード店

  04-17

請問要內用還是外帶？
店内 で 召し上がりますか？お持ち帰り ですか？
ten-nai de me-shi-a-ga-ri-ma-su-ka　o-mo-chi-kae-ri de-su-ka
For here or to go?

我要外帶一個照燒豬肉堡餐。
持ち帰り で 照り焼き バーガー の セット を 一つ。
mo-chi-kae-ri de te-ri-ya-ki ba-a-ga-a no se-tto o hito-tsu
I'd like a Teriyaki burger meal to go.

套餐飲料要選什麼呢？
セット の 飲み物 は 何 に なさいますか？
se-tto no no-mi-mono wa nani ni na-sa-i-ma-su-ka
Which drink would you like for the meal?

炸雞炸好要等3分鐘，可以嗎？
フライド・チキン は 出来上がり まで 3 分 ほど かかりますが、よろしい でしょうか？
fu-ra-i-do chi-ki-n wa de-ki-a-ga-ri ma-de san-pun ho-do ka-ka-ri-ma-su-ga　yo-ro-shi-i de-sho-o-ka
It takes 3 minutes to fry the chicken. Is it OK?

咖啡店／コーヒーショップ

  04-18

哪裡可以喝到好喝的咖啡？
おいしい コーヒー は どこで 飲めますか？
o-i-shi-i ko-o-hi-i wa do-ko-de no-me-ma-su-ka
Where can I drink the nice coffee?

你點的是熱咖啡嗎？還是冰咖啡呢？
ご注文 は ホット・コーヒー ですか？アイス・コーヒー ですか？
go-chuu-mon wa ho-tto ko-o-hi-i de-su-ka a-i-su ko-o-hi-i de-su-ka
Did you order hot coffee or iced coffee?

我點了2杯冰咖啡
アイス・コーヒー を 二つ 注文しました。
a -i -su　　ko- o -hi - i　　o　futa-tsu chuu-mon-shi-ma-shi-ta
I ordered 2 glasses of iced coffee.

實用字彙

黑咖啡 ブラック bu-ra - kku black coffee	美式咖啡 アメリカン a -me-ri-ka -n American coffee	拿鐵 ラッテ ra - tte latte	卡布奇諾 カプチーノ ka-pu -chi- i -no cappuccino
摩卡 モカ mo-ka mocha	特調咖啡 ブレンド bu -re - n -do blended coffee	咖啡歐蕾 カフェ・オレ ka -fe　　o - re café au lait	糖漿 シロップ shi -ro - ppu syrup

百貨公司地下美食街／デパ地下 04-19

我要200公克的沙拉
サラダ を200 グラム お願いします。
sa- ra- da　 o ni-hyaku gu -ra -mu　o -nega- i -shi-ma-su
I'd like 200 grams of salad.

請問需要保冷冰塊嗎？
保冷剤 が 要りますか？
ho- rei -zai　ga　 i - ri-ma-su-ka
Do you need the cold retainer?

對不起，已經賣完了
申し訳ございません、売り切れ に なりました。
moo-shi-wake-go-za- i -ma-se -n　　u -ri -ki -re　ni　na -ri-ma-shi-ta
Sorry,we have sold out.

結帳／勘定

  04-20

今天我請客。
今日 は 私 が おごります。
kyo - o　wa watashi ga　o - go - ri - ma - su
I'll take care of the bill today.

請結帳。
お勘定 ください。
o -kan -joo　ku -da -sa -i
Check, please.

請到收銀台那邊結帳。
レジ の 方 で お勘定 お願いします。
re - ji　no　hoo　de　o -kan -joo　o -nega - i -shi - ma -su
Please pay at the cash desk over there.

可以用信用卡付帳嗎？
クレジット・カード は 使えますか？
ku -re -ji - tto　　ka - a- do　wa tsuka -e -ma -su -ka
Do you accept credit cards?

我的現金不夠，我要刷卡。
現金 が 足りません ので、カード で 支払います。
gen -kin　ga　ta -ri -ma -se -n　no -de　　ka - a- do　de　shi -hara- i- ma -su
My cash is not enough. I want to swipe the card.

你好像找錯零錢了。
お釣り の 金額 は 間違える ようです。
o -tsu - ri　no　kin -gaku　wa　ma -chiga -e -ru　yo -o -de -su
The amount of the change seems to be wrong.

請幫我們分開結帳。
お勘定 は 別々 で お願いします。
o -kan -joo　wa　betsu -betsu　de　o -nega - i　shi - ma -su
We would like to go dutch.

05 購物

shopping

日本是購物的天堂！舉凡最流行的服飾配件、最先進的電器用品、最具話題的美容聖品、最高品質的醫藥用品等，無一不是台灣人的最愛。很多人每年固定飛日本，為的就是血拼！其實台灣人最愛買的是日本的水果，可惜不准搬回台灣，只好扛包沉甸甸的越光米來彌補一下！

基本用語／基本用語

 05-01

基本用語

溝通

交通

飲食

購物

觀光

住宿

突發狀況

這個多少錢？
これ、いくら ですか？
ko-re　i-ku-ra　de-su-ka
How much is it?

有別的顏色嗎？
他 の 色 が ありますか？
hoka no　iro　ga　a-ri-ma-su-ka
Is it in other colors?

有折扣嗎？
割引 が ありますか？
wari-biki　ga　a-ri-ma-su-ka
Is there any discount?

牌子上標示的是特價。
タグ に 書いた 値段 は 値引き 値段 です。
ta-gu　ni　ka-i-ta　ne-dan　wa　ne-bi-ki　ne-dan　de-su
The tag price is the discount price.

我要買這些
これ ください。
ko-re　ku-da-sa-i
I am buying this.

一共多少錢？
合わせて いくら ですか？
a-wa-se-te　i-ku-ra　de-su-ka
Totally how much?

這價錢有含稅嗎？
この 値段 は 税込み ですか？
ko no　ne-dan　wa　zei-ko-mi　de-su-ka
Dose the price include tax?

你們可以退稅嗎？

税金 の 払い戻し が できますか？
zei - kin　no　hara - i - modo-shi　ga　de- ki-ma-su-ka

Is there a tax rebate?

你要用紙袋或是塑膠袋？

紙 袋 にしますか？ビニール 袋 にしますか？
kami-bukuro　ni　shi-ma-su-ka　　bi -ni - i -ru-bukuro　ni　shi-ma-su-ka

Do you want the paper bag or the plastic bag?

實用句型：多少錢？

多少錢？

いくら ですか？
i - ku-ra　de-su-ka

How much?

【文法解析】

這句話也是旅遊必備句。「いくら＝多少錢」，這句話用很口語的方式來表現的話，直接說「いくら？」即可。

1元 1円 ichi -en 1 yen	2元 2円 ni -en 2 yen	3元 3円 san -en 3 yen	4元 4円 yo -en 4 yen	5元 5円 go -en 5 yen
6元 6円 roku -en 6 yen	7元 7円 nana -en 7 yen	8元 8円 hachi -en 8 yen	9元 9円 kyuu -en 9 yen	10元 10円 juu - en 10 yen
50元 50円 go-juu -en 50 yen	100元 百円 hyaku -en 100 yen	500元 五百円 go- hyaku -en 500 yen	1000元 千円 sen -en 1000 yen	10000元 一万円 ichi-man -en 10000 yen

實用句型：這個～有什麼顏色？

 05-02

這個_____有什麼顏色？

この _____ は どんな 色 が ありますか？
ko-no　　　　　wa　do-n-na　iro　ga　a-ri-ma-su-ka

How many colors do the _____ come in?

戒指 指輪 yubi- wa ring	耳環 ピアス pi - a - su earrings	胸針 ブローチ bu-ro- o -chi broach	項鍊 ネックレス ne - kku-re- su necklace
鑽石 ダイヤモンド da - i - ya -mo - n - do dimond	寶石 宝石 hoo-seki precious stone	水晶 水晶 sui-shoo crystal	手錶 腕時計 ude - to - kei watch
手環 ブレスレット bu -re -su -re - tto bracelet	皮帶 ベルト be - ru- to belt	領帶 ネクタイ ne -ku-ta- i necktie	帽子 帽子 boo- shi hat
領巾 スカーフ su- ka- a - fu scarf	太陽眼鏡 サングラス sa- n -gu -ra -su sunglasses	手套 手 袋 te - bukuro glove	包包 かばん ka- ba - n bag
圍巾 マフラー ma-fu-ra - a maffler	絲襪 ストッキング su -to - kki - n - gu stocking	指甲彩繪 ネールアート ne - e -ru - a - a - to nail art	手帕 ハンカチーフ ha- n - ka -chi - i - fu handkerchief
襪子 靴 下 kutsu-shita socks	雨傘 傘 Kasa umbrella	染髮劑 ヘアカラー he -ya -ka -ra - a hair dyerinsetint	口紅 口 紅 kuchi-beni lipstick

顏色

黑色 黒 kuro black	白色 白 shiro white	紅色 赤 aka red	綠色 緑 midori green
粉紅色 ピンク pi‑n‑ku pink	藍色 青 ao blue	黃色 黄色 ki‑iro yellow	卡其 カーキ色 ka‑a‑ki‑iro khaki

服飾店／アパレルショップ

  05-03

請問這件T恤有其他顏色嗎？

この Tシャツ は 他 の 色 が ありますか？

ko no tii‑sha‑tsu wa hoka no iro ga a‑ri‑ma‑su‑ka

Do you have this T-shirt in other colors?

請給我看一下那件大衣。

その コート を 見せて ください。

so no ko‑o‑to o mi‑se‑te ku‑da‑sa‑i

Please show me that coat.

可以試穿這件襯衫嗎？

この シャツ を 試着しても いいですか？

ko no sha‑tsu o shi‑chaku‑shi‑te‑mo i‑i‑de‑su‑ka

Can I try this shirt on?

這件有沒有更大的尺寸？

もっと 大きい サイズ は ありますか？

mo‑tto oo‑ki‑i sa‑i‑zu wa a‑ri‑ma‑su‑ka

Does this come in a larger size?

可以幫我改長度嗎？
丈 を 直して もらえますか？
take o nao-shi-te mo-ra-e-ma-su-ka
Could you alter the length for me?

這是哪裡生產製造的？
これ は どこ製 ですか？
ko-re wa do-ko-sei de-su-ka
Where is this made?

這是什麼材質的？
これ は 何で できて いますか？
ko-re wa nan-de de-ki-te i-ma-su-ka
What is this made of?

我要買這個，請幫我包起來。
これ ください。 包んで ください。
ko-re ku-da-sa-i tsutsu-n-de ku-da-sa-i
I'll take this. Please wrap it for me.

我想看看其他款式的牛仔褲。
他 の タイプ の ジーンズ を 見たい の ですが。
hoka no ta-i-pu no ji-i-n-zu o mi-ta-i no de-su-ga
I want to watch other types of jeans.

實用句型：這件～還有其他～嗎？

  05-04

這件 （衣服種類） 有其他 花樣／材質／尺寸嗎？
この （衣服種類） は 他 の 柄／素材／サイズ が ありますか？
ko-no wa hoka no gara so-zai sa-i-zu ga a-ri-ma-su-ka
Do you have this （衣服種類） in other patterns / materials / sizes?

【文法解析】
買衣服的時候，除了問顏色，也可能問花樣、材質、尺寸，就可以用到這個句型。大家可以套用下列單字試試看。

衣服種類

泳衣 水着 mizu- gi swimsuit	正式襯衫 ワイシャツ wa - i - sha - tsu business shirt	無袖上衣 ノー・スリーブ no-o su -ri - i - bu sleeveless	POLO衫 ポロシャツ po -ro-sha - tsu polo shirt
毛衣 セーター se - ta - a sweater	開襟毛衣 カーディガン ka -a -di - ga - n Cardigan	夾克 ジャケット ja - ke - tto jacket	女性緞面襯衫 ブラウス bu -ra-u-su blouse
背心 ベスト be -su -to vest	睡衣 パジャマ pa -ja - ma pajama	西裝 スーツ su - u - tsu business suit	洋裝 ワンピース wa -n -pi - i - su dress
裙子 スカート su-ka - a - to skirt	褲子 ズボン zu -bo -n pants	牛仔褲 ジーンズ ji - i - n -zu jeans	內搭褲 レギンス re - gi - n - su leggings

花樣

單色 無地 mu - ji plain	圓點點 水玉 mizu-tama dotted	直條紋 ストライプ su -to-ra - i -pu striped	橫條紋 ボーダー bo -o -da-a border
格子 チェック che - kku checkered	碎花紋 花柄 hana-gara flowered	菱格紋 アーガイル柄 a - a - ga - i -ru-gara Argyle	千鳥格紋 チドリ柄 chi -do -ri -gara houndstooth check
迷彩 迷彩 mei - sai camouflage	豹紋 ヒョウ柄 hyo - o -gara leopard	變形蟲花紋 ペイズリー pe - i -zu -ri - i paisley	拼布 キルト ki -ru -to patchwork

材質

棉 コットン ko - tto - n cotton	麻 麻 asa hemp	絲 シルク shi- ru -ku silk
毛料 ウール u - u - ru wool	羊毛 ラムウール ra-mu - u - u - ru lamb wool	聚酯纖維 ポリエステル po -ri - e - su -te -ru polyester

尺寸

大號 L サイズ eru sa - i - zu L	中號 M サイズ emu sa - i - zu M	小號 S サイズ esu sa - i - zu S

鞋店／靴屋

 05-05

我想試穿，這鞋有26號的嗎？
この 靴 を 履いて みたい の ですが、２６ センチ の は ありますか？
ko no kutsu o ha - i - te mi - ta - i no de-su-ga nijuu-roku se -n -chi no wa a - ri-ma-su-ka
I'd like to try this on. Do you have this in size 26 cm?

還有沒有別的牌子？
他 の ブランド は ありますか？
hoka no bu - ra - n -do wa a - ri-ma-su-ka
Are there any other brands?

我只是看看。
見ている だけ です。
mi -te -i -ru　da-ke　de-su
I'm just looking.

這雙靴子多少錢？
この ブーツ は いくら ですか？
ko　no　bu-u-tsu　wa　i-ku-ra　de-su-ka
How much are the boots?

實用字彙

運動鞋 スニーカー su -ni - i -ka - a sneakers	靴子 ブーツ bu -u -tsu boots	涼鞋 サンダル sa - n- da- ru sandals
平底鞋 フラットシューズ fu-ra - tto-shu -　u - zu flats	高跟鞋 ハイヒール ha - i - hi - i - ru high heels	厚底鞋 厚底 靴 atsu-zoko-kutsu platform shoes

實用句型：這鞋有～號的嗎？

我想試穿，這鞋有 _____ 號的嗎？

この 靴 を 履いて みたい ですが、_____ センチ の は ありますか？
ko　no　kutsu　o　ha- i - te　mi-ta -i　de-su-ga　　　　　se -n -chi　no　wa　a - ri-ma-su-ka

I'd like to try the shoes. Do you have this in size _____ cm?

女鞋尺寸對照表

日本	22.5	23	23.5	24	24.5
英國	2.5~3	3~3.5	4	4.5	5
歐洲	35	36	37	37~38	38

男鞋尺寸對照表

日本	24	24.5	25	25.5	26
英國	5.5	6	6.5	7	7.5
歐洲	38	39	40	41	41

飾品配件店／アクセサリーショップ   MP3 05-06

這耳環有什麼顏色？
この ピアス は どんな 色 が ありますか？
ko no pi-a-su wa do-n-na ‧ iro ga a-ri-ma-su-ka
How many colors do the earrings come in?

如果喜歡的話，您可以配戴看看。
よろしかったら、付けて みて ください。
yo-ro-shi-ka-‧tta-ra tsu-ke-te mi-te ku-da-sa-i
You can try it on if you like it.

這個領帶與您的西裝非常搭。
この ネクタイ は スーツ に とても 合いますよ。
ko no ne-ku-ta-i wa su-u-tsu ni to-te-mo a-i-ma-su-yo
The tie goes with your suit very much.

書店／書店   MP3 05-07

我正在找「達文西密碼」這本書。
「ダ・ヴィンチ・コード」という 本 を 探して いるん ですが。
da vi-n-chi ko-o-do to-i-u hon o saga-shi-te i-ru-n de-su-ga
I'm looking for the book "The Da Vinci Code".

抱歉，很不巧這本書已經沒庫存了。
すみません、あいにく この 本 は 品切れ です。
su-mi-ma-se-n　a-i-ni-ku ko no hon wa shina-gi-re de-su
Sorry, this book is out of stock.

·請問上個月的時尚雜誌放哪裡？
先月号 の ファッション誌 は どこ に ありますか？
sen-getsu-goo no fa-ssho-n-shi wa do-ko ni a-ri-ma-su-ka
Where can I find the fashion magazine of last month?

有會員卡的話打9折。
会員カード を お持ち の 方 は、一割引き と なります。
kai-in-ka-a-do　o　o-mo-chi no kata wa　ichi-wari-bi-ki　to　na-ri-ma-su
We offer 10% discount to customers who have member cards.

實用句型：：請問～放在哪？

請問＿＿＿＿＿＿放哪裡？
＿＿＿＿＿ は どこ に ありますか？
　　　　　wa do-ko ni a-ri-ma-su-ka
Where can I find the ＿＿＿＿＿＿？

商業・經濟 ビジネス・経済 bi-ji-ne-su　kei-zai business / economics	文學・評論 文学・評論 bun-gaku　hyoo-ron literature / criticism	生活・育兒 暮らし・子育て ku-ra-shi　ko-soda-te life / parenting
雜誌 雑誌 za-sshi magazine	漫畫 コミック ko-mi-kku comics	藝人寫真集 タレント 写真集 ta-re-n-to　sha-shin-shuu artist photo album

藥粧店／ドラッグストア

 05-08

這個洗面乳對毛孔髒污的清除很有效
この 洗顔料 は 毛穴 汚れ を 取る のに 効果的 です。
ko no sen-gan-ryoo wa ke-ana yogo-re o to-ru no ni koo-ka-teki de-su

The cleansing cream works on pores' cleaning up.

請教我如何使用這個？
これ の 使い方 を 教えて ください。
ko-re no tsuka-i-kata o oshi-e-te ku-da-sa-i

Could you show me how to use this?

這個是在洗臉後使用嗎？
これ は 洗顔 の 後 に 使いますか？
ko-re wa sen-gan no ato ni tsuka-i-ma-su-ka

Should I use this after washing my face?

現在這個商品買一送一。
ただいま、この 商品 を 一点 お買い上げ で、もう 一点 プレゼント 致します。
ta-da-i-ma ko no shoo-hin o i-tten o-ka-i-a-ge de mo-o i-tten pu-re-ze-n-to ita-shi-ma-su

Now the product is on buy-one-get-one-free special.

實用句型：請問～放在哪？

請問這個 （化粧保養品） 有 （功效） 的效果嗎？
この （化粧保養品） は （功效） に 効果的 ですか？
ko no wa ni koo-ka-teki de-su-ka

Does this （化粧保養品） work on （功效） ？

化粧保養品

洗面乳 洗顔料 sen-gan-ryoo cleansing cream	化妝水 化粧水 ke-shoo-sui toner	乳液 乳液 nyuu-eki lotion	精華液 美容液 bi-yoo-eki essence

口紅 口紅 kuchi-beni lipstick	唇蜜 グロス gu -ro -su gross	腮紅 チーク カラー chi -i -ku ka -ra -a cheek color	眉筆 アイ・ブロウ a -i bu -ro -o eyebrow pencil
眼線筆 アイ・ライナー a -i ra -i -na -a eyeliner	眼影 アイ・シャドー a -i sha -do -o eye shadow	睫毛膏 マスカラ ma -su -ka -ra mascara	粉底 ファンデーション fa -n -de -e -sho -n foundation

功效

美白 美白 bi -haku whitening	防曬 日焼け止め hi -ya -ke -do -me sun screen	保濕 保湿 ho -shitsu moisture	緊實 肌のハリ hada -no -ha -ri firming
改善青春痘 ニキビ改善 ni -ki -bi -kai -zen pimple reduction	隔離紫外線 紫外線カット shi -gai -sen -ka -tto UV rays cutoff	去黑頭粉刺 黒ずみ落とし kuro -zu -mi -o -to -shi deep pore cleanser	抗老化 アンチエイジング a -n -chi -e -i -ji -n -gu anti-aging

電器行／電器店

  05-09

請問這台相機如何使用？
この カメラ は どう 使いますか？
ko no ka -me -ra wa do -o tsuka -i -ma -su -ka

How to use this camera?

請讓我看一下那台翻譯機。
あの 電子辞典 を 見せて ください。
a   no den -shi -ji -ten o   mi -se -te ku -da -sa -i

Please show me that electronic dictionary.

好的，是這台嗎？
はい、これですか？
ha-i　ko-re-de-su-ka
OK, do you mean this one?

這是最新型的數位相機。
これ は 最新機種 の デジカメ です。
ko-re wa sai-shin-ki-shu no de-ji-ka-me de-su
This is the latest digital camera.

現在買32吋液晶電視很划算！
今 ３２ インチ の 液晶テレビ は お買い得 ですよ。
ima sanjuu-ni i-n-chi no eki-shoo-te-re-bi wa o-ka-i-doku de-su-yo
32 inches LCD TV is a good buy now.

這個可以免稅嗎？
免税 に なりますか？
men-zei ni na-ri-ma-su-ka
Is it duty-free?

這可以免稅。／這不能免稅。
はい、免税になります。／
ha-i　men-zei ni-na-ri-ma-su
いいえ、免税になりません。
i-i-e　men-zei ni na-ri-ma-su-n
Yes, it's duty-free. / No, it's not duty-free.

讓我考慮一下。
少し 考えさせて ください。
suko-shi kanga-e-sa-se-te ku-da-sa-i
Let me think about it.

實用句型：請問這台～如何使用？

請問這台_____如何使用？
この_____ は どう 使いますか？
ko no　wa do-o tsuka-i-ma-su-ka
How to use this _____?

實用句型：請讓我看一下那台～

請讓我看一下那台_____。

あ の _____ を 見せて ください。
a   no   o mi-se-te ku-da-sa-i

Please show me that _____ .

【文法解析】

「～見て ください」是「請看～」，而「～見せて ください」則是「請給我看～」。

液晶電視 液晶 テレビ eki-shoo te-re-bi LCD TV	微波爐 電子 レンジ den-shi re-n-ji microwave	洗衣機 洗濯機 sen-taku-ki washing machine	冰箱 冷蔵庫 rei-zoo-ko refrigerator
電鍋 炊飯器 sui-han-ki rice cooker	冷暖氣機 エアコン e-a-ko-n air conditioner	烤箱 オーブン o-o-bu-n oven	咖啡機 コーヒー・メーカー ko-o-hi-i me-e-ka-a coffee maker
電動刮鬍刀 電気 かみそり den-ki ka-mi-so-ri electronic shaver	吹風機 ヘア・ドライヤー he-a do-ra-i-ya-a hair dryer	電子字典 電子辞典 den-shi-ji-ten electronic dictionary	吸塵器 掃除機 soo-ji-ki vacuum cleaner

便利商店／コンビニ

  05-10

需要加熱這個便當？

こちら の お弁当 を 温めましょうか？
ko-chi-ra no o-ben-too o atata-me-ma-sho-o-ka

Do you need to heat this boxed lunch?

需要塑膠袋嗎？
ビニール 袋 は 要りますか？
bi -ni - i - ru bu-ku-ro wa　i - ri-ma-su-ka
Do you need a plastic bag?

需要，拜託你了。
はい、お願いします。
ha - i　　o -nega- i -shi-ma-su
Yes, please.

我想影印。
コピー したい の ですが。
ko-pi - i　shi- ta - i　no　de-su-ga
I'd like to make a copy.

實用字彙

御飯糰 おにぎり o - ni- gi - ri rice ball	關東煮 おでん o - de - n oden	甜點 デザート de -za- a - to dessert	便當 お弁当 o - ben-too boxed lunch
飲料 飲み物 no -mi-mono beverage	零食 スナック su-na - k ku snack	優格 ヨーグルト yo -o-gu-ru -to yogurt	泡麵 カップラーメン ka - ppu-ra -a - me-n instant noodles

實用句型：我想～

我 想＿＿＿＿＿。

＿＿＿＿＿ したい の ですが。
　　　　shi- ta - i　no　de-su-ga

I'd like to make a ＿＿＿＿＿ .

【文法解析】
動詞ます形，把ます去掉換成たい，就變成「想做～」。

影印 コピー します ko-pi - i　shi-ma-su copy	傳真 ファックス します fa　- kku-su　shi-ma-su fax
提款 お金 を おろします o -kane　o　o - ro-shi-ma-su withdraw money	換零錢 お金 を 崩します o -kane　o　kuzu-shi-ma- su change money

超市／スーパー

 05-11

請問調味料放在哪裡？
調味料 は どこ に ありますか？
choo-mi- ryoo　wa　do-ko　ni　a- ri-ma-su-ka
Where can I find the seasoning?

現在是水蜜桃正好吃的時候。
今 もも は 旬 です。
ima　mo-mo　wa　shun　de-su
Now the peaches are in season.

請試吃看看。
どうぞ ご試食して みて ください。
do- o- zo　go-shi-shoku-shi-te　mi -te　ku-da-sa-i
Please try it.

這邊的生魚片全部半價。
こちら の 刺身 は 全部 半額 に なります。
ko-chi-ra　no　sashi-mi　wa　zen- bu　han-gaku　ni　na -ri-ma-su
All the sashimi is half price.

實用句型：生魚片全部～（特價）

生魚片全部（特價）。

刺身 は 全部 （特價） に なります。
sashi-mi　wa　zen-bu　　　　　　ni　na -ri-ma-su

All the sashimi is （特價）.

限時特價 時間限定 セール ji - kan-gen - tei　se - e - ru time-limited sale	限量特價 数量限定 セール suu-ryoo-gen -tei　se - e - ru volume-limited sale	半價 半額 han-gaku 50% off
打九折 一割引 ichi-wari-biki 10% off	打八折 二割引 ni -wari-biki 20% off	打七折 三割引 san-wari-biki 30% off
打六折 四割引 yon-wari-biki 40% off	打四折 六割引 roku-wari-biki 60% off	降價 値下げ ne - sa - ge price reduction

百貨公司／デパート

 05-12

請問家電用品是在哪一層樓？
家電 コーナー は 何階 ですか？
ka - den　ko -o -na -a　wa　nan-kai　de-su-ka

Which floor is the electrical appliance corner?

在8樓。
8階 で ございます。
ha-kkai　de　go-za-i-ma-su

It is on the 8th floor.

花車內的商品一律1000日圓。
ワゴン の 中 の 商品 は どれも 1000円 に なります。
wa-go- n　no　naka　no　shoo-hin　wa　do-re-mo　sen - en　ni　na-ri-ma-su
Everything in the cart is 1000 yen.

請問要在哪裡退稅？
どこ で 税金 の 払い戻し は できますか？
do-ko　de　zei - kin　no　hara - i - modo-shi　wa　de - ki-ma-su-ka
Where can I get a tax refund?

實用字彙

百貨公司熟食區 デパ地下 de - pa -chi - ka food stores in department store basement		服務台 サービスカウンター sa - a - bi- su-ka- u - n - ta - a service counter
停車場 駐車場 chuu-sha- joo parking lot	美食街 フードコート fu - u -do -ko -o -to food court	特賣活動 感謝祭 kan -sha -sai love on sale

二手書店／古本屋

  05-13

這裡回收看過的書。
ここ は 読み終わった 本 を 買収 します。
ko -ko　wa　yo- mi - o - wa - tta　hon　o　bai-shu　shi-ma-su
We recycle the books that you have done with.

請問您有集點卡嗎？
ポイント・カード を お持ち でしょうか？
po - i - n -to　ka- a- do　o　o-mochi de-sho- o -ka
Do you have the point card?

實用字彙

特價販售 激安 セール geki-yasu　se-e-ru super cheep sale	二手CD 中古 CD chuu-ko　shii-dii secondhand CD
二手遊戲 中古 ゲーム chuu-ko　ge-e-mu secondhand game	二手軟體 中古 ソフト chuu-ko　so-fu-to secondhand software

實用句型：二手書店既～又～

二手書店既 _____ 又 _____ 。

古本屋さん は _____ くて／で _____ です。
furu-hon-ya-sa-n　wa　　　　　ku-te　de　　　de-su

The secondhand bookstore is _____ and _____ .

【文法解析】
此句在教兩個形容詞碰在一起的連接方法。い形容詞（字尾有い）連接時要用「～くて～」（去い＋くて，例：近い→近くて），而な形容詞（字尾加な）連接時要用「～で～」。

有趣 面白い omo-shiro-i interesting	近 近い chika-i near	大 大きい oo-ki-i big	小 小さい chii-sa-i small
新 新しい atara-shi-i new	舊 古い furu-i old	寬 広い hiro-i wide	窄 狭い sema-i narrow
乾淨 きれい（な） ki-re-i　na clean	熱鬧 にぎやか（な） ni-gi-ya-ka　na lively	舒適 快適（な） kai-teki　na comfortable	有名 有名（な） yuu-mei　na famous

卡通商品店／キャラクターグッズ店

 05-14

這個系列的食玩買整套會比較便宜嗎？

この シリーズ の 食玩 をセットで 買うなら、安くして くれますか？

ko no shi-ri-i-zu no shoku-gan o se-tto de ka-u na-ra yasu-ku-shi-te ku-re-ma-su-ka

Would it be cheaper if I buy shokugans of the series by set?

請問有賣櫻桃小丸子的布偶嗎？

ちびまる子 の 縫いぐるみ は 売って いますか？

chi-bi-ma-ru-ko no nu-i-gu-ru-mi wa u-tte i-ma-su-ka

Do you sell Chibi Maruko's stuffed doll?

有，在這裡。

はい、ここにあります。

ha-i ko-ko ni a-ri-ma-su

Yes, here it is.

抱歉，缺貨。

すみません、売り切れました

su-mi-ma-se-n u-ri-ki-re-ma-shi-ta

Sorry, it's out of stock.

超可愛的！真想全部帶回家！

超 かわいい！全部 持って 帰りたい です！

choo ka-wa-i-i zen-bu mo-tte kae-ri-ta-i de-su

How cute it is! I want to bring all these back home.

百元商店／百円ショップ

 05-15

這裡有賣信封嗎？

封筒 は 売って いますか？

fuu-too wa u-tte i-ma-su-ka

Do you sell any envelope?

這個寶特瓶飲料也是100日元嗎？
この ペット・ボトル も 百円 ですか？
ko no pe - tto　　bo -to -ru mo hyaku -en de -su -ka
Is this PET bottle beverage also 100 yen?

真的好便宜！
本当 に 安い ですね！
hon -too ni yasu - i de -su -ne
How cheap it is!

一經開封就不能退貨。
開封 に なりますと、返品 が できません。
kai -fuu ni na -ri -ma -su to　hen -pin ga de -ki -ma -se -n
Once you break the seal, you can not return the product.

實用句型：有賣～嗎？

有賣_____嗎？
_____は 売って いますか？
　　　　　wa　u - tte i -ma -su -ka
Do you sell _____ ?

公仔 フィギュア fi - gyu - a figure	轉蛋 カプセル ka -pu -se -ru capsule	食品玩具 食玩 shoku -gan shokugan	玩具 おもちゃ o -mo -cha toy
手機保護殼 携帯カバー kei - tai -ka -ba -a cell phone cover	手機吊飾 ストラップ su -to -ra - ppu strap	鑰匙圈 キー・チェーン ki - i　che - e -n key chain	磁鐵 マグネット ma -gu -ne - tto magnet

實用句型：～也是 100 元嗎？

_____ 也是100元嗎？

_____ も 百円 ですか？
　　　　mo　hyaku-en　 de-su-ka

Is _____ also 100 yen?

【文法解析】

「も」＝「也」。在句子裡，前面要擺該句強調的主詞，は＝是，而も＝也是。

廁所用品 トイレ 用品 to - i - re　yoo -hin toilet utensils	泡澡用品 お風呂 用品 o - fu - ro　yoo -hin bath goods	廚房用品 キッチン 用品 ki - cchi - n　yoo -hin kitchenware	文具 文房具 bun-boo- gu stationery
餐具 食器 sho- kki dishes	園藝用品 園芸 用品 en - gei　yoo -hin garden goods	清掃用品 掃除 用品 soo - ji　yoo -hin clean ultensils	日用品 日用品 nichi-yoo- hin daily necessaries

消費税／消費税

 05-16

這已經扣除稅額了嗎？

この 値段 は 税抜き ですか？
ko　no　ne-dan　wa　zei -nu -ki　de-su-ka

Is this tax-free?

您有提供退稅服務嗎？

免税 サービス が ありますか？
men-zei　sa - a - bi- su　ga　a- ri-ma-su-ka

Do you have tax-free shopping service?

可以幫我填寫退稅表格嗎？

税金還付 の フォーム を 書いて もらえませんか？

zei - kin -kan-pu no fo - o -mu o ka - i - te   mo-ra-e-ma-se-n-ka

Could you fill out the VAT form for me?

您可以將加值稅直接從應付總額中扣除嗎？

総額 から 直接 還付した 税金 を 差し引いて もらえませんか？

soo-gaku ka - ra choku-setsu kan-pu-shi- ta zei - kin o   sa-shi-hi - i - te mo-ra-e-ma-se-n- ka

Can you deduct the VAT directly from the amount?

換貨／返品

  05-17

這件商品這裡有瑕疵。

この 商品 は ここ に 欠損 が あります。

ko no shoo-hin wa ko -ko ni ke -son ga   a - ri -ma-su

The item has a defect here.

我想換一個新的／別的東西。

新しい／他 の は ありませんか？

atara-shi-i   hoka no wa a - ri - ma -se - n - ka

I would like to change it for a new one／ something else.

發票／收據在這裡。

これ は レシート です。

ko -re wa re-shi -i - to   de -su

Here is the receipt.

我想把它退還給您並退費。

返品したいです。お金 を 払い 戻して もらいたいです。

hen-pin-shi-ta - i - de -su   o -kane o hara- i - modo-shi-te mo-ra- i - ta - i -de -su

I would like to return it for refund.

實用字彙

不可退換 返品不可 hen-pin - fu - ka no return	可退換 返品可 hen-pin - ka returnable

各種商店

麵包店 パン屋 pa - n - ya bakery	花店 花屋 hana-ya flower shop	水果店 果物屋 kuda-mono-ya fruit store	肉販 肉屋 niku- ya butcher shop
魚販 魚屋 sakana -ya seafood shop	五金行 金物屋 kana-mono- ya hardware store	藥局 薬局 ya- kkyoku drugstore	書店 書店 sho- ten bookstore
超級市場 スーパー su - u - pa -a supermarket	照像館 写真館 sha-shin-kan photo studio	玩具店 おもちゃ屋 o - mo-cha - ya toy store	雜貨店 雑貨店 za - kka -ten grocery
和菓子店 お菓子屋 o - ka -shi - ya confectionery store	服飾店 洋品店 yoo -hin - ten clothes store	郵局 郵便局 yuu -bin -kyoku post office	銀行 銀行 gin -koo bank
醫院 病院 byoo-in hospital	美容院 美容院 bi - yoo - in hair salon	眼鏡行 眼鏡屋 me- gane-ya glasses-store	精品店 ブティック bu - ti - kku boutique

06 觀光

sightseeing

日本是一個擁有多重面貌的國家。有豐富的文化遺產、有更迭的四季美景、有頂尖的科技建設、有流行的年輕次文化、有山有湖有溫泉,這些豐厚的觀光資產,再加上便捷的交通與良好的治安,讓日本成為台灣人最愛的觀光勝地之一。

溫泉／温泉

 MP3 06-01

我想參加當天來回的溫泉旅行。

日帰り の 温泉 ツアー に 参加 したいです。

hi-gae-ri no on-sen tsu-a-a ni san-ka shi-ta-i-de-su

I'd like to join one day tour to hot springs.

有可以看到富士山的露天溫泉嗎？

富士山 が 見える 露天温泉 は ありますか？

fu-ji-san ga mi-e-ru ro-ten-on-sen wa a-ri-ma-su-ka

Is there any open-air hot springs with Fuji Mountain view?

入浴前請務必洗好身體。

入浴 の 前 に 必ず 体 を 洗って ください。

nyuu-yoku no mae ni kanara-zu karada o ara-tte ku-da-sa-i

Be sure to wash your body before getting into the warm water.

不要把毛巾帶進溫泉裡。

タオル を 温泉内 に 持ち込まないで ください。

ta-o-ru o on-sen-nai ni mo-chi-ko-ma-na-i-de ku-da-sa-i

Don't bring the towel into the hot springs.

讓我們一起來認識泡湯場所的各種設備吧！／温泉施設のチェック！

泡湯櫃台
番台
ban-dai
front booth

水龍頭
蛇口
ja-guchi
faucet

男女混浴
混浴
kon-yoku
mixed bathing

置鞋櫃
下駄箱
ge-ta-bako
shoes cabinet

洗髮精
シャンプー
sha-n-pu-u
shampoo

沖澡盆
桶
oke
bucket

浴池
浴槽
yoku-soo
bathtub

沐浴乳
ボディー・シャンプー
bo-di-i sha-n-pu-u
body shampoo

實用句型：請不要～

請不要_____。

_____ ないでください。
　　　　　na-i　de　ku-da-sa-i

Please don't _____ .

【文法解析】

「請做～＝（動詞て型）て　ください」，而「請不要做～＝動詞ない型＋で＋ください」，這兩個句型都是很常使用的基本句型。下面整理幾個日常生活常出現的動詞ない型，大家可以套用這個句型練習看看。

不要説 言わない i -wa -na - i don't say	不要看 見ない mi - na - i don't see	不要問 聞かない ki - ka - na - i don't ask	不要忘記 忘れない wasu-re -na - i don't forget
不要拿 取らない to - ra -na - i don't take	不要買 買わない ka - wa -na - i don't buy	不要去 行かない i - ka -na - i don't go	不要哭 泣かない na - ka -na - i don't cry

出泉口
滝口
taki-guchi
water outlet

熱水
お湯
o - yu
hot water

沖澡椅
椅子
i - su
bath chair

蓮蓬頭
シャワー
sha - wa - a
shower

沖澡處
洗い場
ara - i - ba
washing place

脫衣處
脫衣所
datsu - i - jo
changing place

賞櫻／お花見

  06-02

請問哪裡可以看到滿開的櫻花？
どこ で 満開 の 桜 が 見られますか？
do-ko de man-kai no sakura ga mi- ra-re-ma-su-ka
Where can I see the cherry blossoms ?

我推薦新宿御苑。
新宿御苑 は お勧め です。
shin-juku-gyo- en wa o- susu-me de-su
I recommend Shinjuku Gyoen.

賞櫻的最佳時期是什麼時候？
桜 の 見ごろ は いつ ですか？
sakura no mi-go-ro wa i- tsu de-su-ka
When is the best time to view the cherry blossoms?

每個地方不一樣，你最好參考天氣預報。
場所 によって 違います。天気予報 を 見た ほう が いいです。
ba -sho ni -yo - tte chiga-i -ma-su ten -ki -yo-hoo o mi -ta ho -o ga i - i de -su
It depends. You had better check the weather forecast.

實用字彙

上野公園 上野公園 ue - no - koo -en Ueno Park	哲學之道 哲学の道 tetsu-gaku-no-michi The Path of Philosophy
賞櫻酒 花見酒 hana-mi -zake sake drunk under the cherry blossoms	賞櫻湯圓串 花見団子 hana-mi -dan -go dumpling eaten under the cherry blossoms

野餐 ピクニック pi -ku -ni - kku picnic	櫻花雨 桜 吹雪 sakura- fu - buki storm of falling cherry blossoms
櫻花樹列 桜 並木 sakura-nami -ki cherry blossom trees	櫻花開花日線 桜 前線 sakura-zen -sen advance line of cherry blossoms

賞楓／紅葉狩り

 06-03

讓我們來計畫賞楓之旅吧！

紅葉 を 楽しむ 旅行 を たてましょう！

koo -yoo　o　tano-shi-mu　ryo- koo　o　ta - te-ma-sho - o

Let's plan a trip to see the maple.

請問哪裡有楓葉夜間照明？

どこ に 紅葉 の ライト・アップ が ありますか？

do-ko　ni　koo -yoo　no　ra -i - to　　a - ppu　ga　a- ri-ma-su-ka

Where can I see the maple light up at night?

我想去京都賞楓，請問有這方面的資料嗎？

京都 へ 紅葉狩り に 行きたい の ですが、これ に 関する 情報 は ありますか？

kyoo-to　he　momi- ji -ga-ri　ni　i - ki-ta- i　no de-su-ga　　ko-re -ni kan-su-ru joo-hoo wa　a- ri-ma-su-ka

I'd like to go to Kyoto to see the maple. Is there any information about it?

楓葉從何時開始轉紅？

もみじ は いつ から 赤く なりますか？

mo-mi -ji　wa　i- tsu　ka-ra　aka-ku　na- ri-ma-su- ka

When does the maple start turning red?

實用字彙

嵐山 嵐 山 arashi-yama Arashiyama	嵯峨野小火車 嵯峨野 トロッコ 列車 sa-ga-no to-ro-kko re-ssha Sagano truck	清水寺 清 水 寺 kiyo-mizu-dera Kiyomizu Temple
知恩院 知恩院 chi-on-in Chion-in Temple	比叡山 比叡山 hi-ei-zan Hieizan	夜間參拜 夜間 拝観 ya-kan hai-kan night vist
散步 散策 san-saku walk	纜車 ロープウェー ro-o-bu-we-e robe way	楓葉饅頭 もみじ饅頭 mo-mi-ji-man-juu maple leaf-shaped steamed bun

實用句型：～的最佳觀賞時期是？

_____ 的最佳觀賞時期 是 什麼時候？

_____ の 見ごろ は いつ ですか？
no mi-go-ro wa i-tsu de-su-ka

When is the best time to view _____ ?

【文法解析】

安排行程時，不知道何時適合賞花、看雪、參加祭典的話，可以把這個句型學下來詢問日本人：「～の 見ごろ は いつ ですか」。「見ごろ＝最佳觀賞時期」，而「いつ＝什麼時候」，整句話的中日文文法順序一樣，很好記。

楓葉 紅葉 koo-yoo maple leaves	雪 雪 yuki snow	煙火 花火 hana-bi fireworks	鳥 鳥 tori bird

祭典 祭り matsu-ri	薫衣草 ラベンダー ra -be - n -da -a	向日葵 ひまわり hi -ma -wa -ri	鬱金香 チューリップ chu - u - ri - ppu
festival	lavender	sunflower	Tulip

煙火大會／花火大会

 06-04

日本最有名的煙火大會是隅田川煙火大會。
日本で 最も 有名な 花火大会 は 隅田川 花火大会 です。
ni -hon-de motto-mo yuu-mei-na hana-bi - tai- kai wa sumi-da-gawa hana-bi - tai- kai de-su

The most famous fireworks display is Sumidagawa Fireworks Display.

今年的煙火大會預計於7月22日舉行。
今年 の 花火大会 は ７ 月２２日 に 開催される 予定 です。
ko- toshi no hana-bi - tai- kai wa shichi-gatsu-nijuuni-nichi ni kai-sai-sa-re-ru yo- tei de-su

The fireworks display is scheduled on July 22 this year.

要不要一起去看煙火？
一緒に 花火 を 見に 行きませんか？
i - ssho-ni hana-bi o mi-ni i -ki-ma-se -n- ka

How about going to see the fireworks together?

好呀，請來接我一起去。
いいですよ。迎えに 来て ください。
i - i - de -su -yo muka-e-ni ki - te ku-da-sa-i

Sounds great. Please come to pick me up.

實用字彙

施放（煙火） 打ち上げる u - chi - a - ge- ru	連續施放煙火 連発 ren-patsu	選（觀賞）地點 場所選び ba -sho era -bi
set off	a series of fireworks	place choicing

祭典／お祭り

 06-05

我想去看京都的祇園祭。
京都 の 祇園 祭 を 見に 行きたい です。
kyoo-to no gi-on-matsuri o mi-ni i-ki-ta-i de-su
I want to go to Kyoto to see the Gion Festival.

我喜歡穿著浴衣參加祭典。
浴衣 を 着て お祭り に 参加する こと が 好きです。
yu-kata o ki-te o-matsu-ri ni san-ka-su-ru ko-to ga su-ki-de-su
I like to join in the festival with yukata.

我比較喜歡逛祭典的攤位。
お祭り の 屋台 を ぶらついた 方 が 好きです。
o-matsu-ri no ya-tai o bu-ra-tsu-i-ta hoo ga su-ki-de-su
I like to stroll around the festival booths better.

實用句型：～預計於 ○ 月 ○ 日舉行

_____預計於 ○ 月 ○ 日舉行。
_____ は ○ 月 ○ 日 に 開催される 予定 です。
　　 wa 　 gatsu 　 nichi ni 　 kai-sai-sa-re-ru 　 yo-tei 　 de-su
_____ will hold on ○○.

【文法解析】
在幾月幾號的「在＝に」。任何活動的舉辦、執行、舉行，都可用「開催する」這個動詞來表達，其被動式是「開催される」。打算、預計、預定，都可用「予定」這個名詞來表達。

演唱會 コンサート ko-n-sa-a-to	運動會 運動会 un-doo-kai	棒球比賽 野球試合 ya-kyuu-shi-ai	促銷活動 キャンペーン kya-n-pe-e-n
concert	sports day	baseball game	campaign

實用句型：喜歡做～

我喜歡 （動詞） + （受詞） 。

（受詞） を （動詞原形） こと が 好きです。
　　　　　　o　　　　　　　　ko-to　ga　su-ki-de-su

I like to （動詞原形） + （受詞） .

動詞原形

看 見る mi -ru see	聽 聞く ki - ku listen	買 買う ka - u buy	收集 収集する shuu-shuu-su -ru collect

受詞

能劇 能 noo noh	雙人相聲 漫才 man-zai manzai	舞蹈比賽 ダンスコンテスト da -n -su -ko -n - te -su -to dance contest
古典音樂 クラシック音楽 ku-ra-shi - kku-on-gaku classic music	茶葉 お茶 o - cha tea	名牌包 ブランドバッグ bu -ra - n -do-ba - ggu brand-name handbag
郵票 切手 ki - tte stamp	硬幣 硬貨 koo- ka coin	公仔 フィギュア fi - gyu - a figure

新年祈福╱初詣

  06-06

基本用語

溝通

交通

飲食

購物

觀光

住宿

突發狀況

新年要吃年節料裡。
お正月 には おせち料理 を 食べます。
o - shoo-gatsu ni -wa o- se-chi-ryoo-ri o ta -be-ma-su
We eat "Osechi Cuisine" on New Year's Day.

明天一起去神社拜新年吧！
明日 一緒に 神社へ 初 詣に 行きましょう！
ashi -ta i- ssho-ni jin -ja - he hatsu-moode-ni i - ki-ma-sho - o
Let's go to shrine to pray for happiness tomorrow.

我替男朋友買了一個護身符。
彼氏 に お守り を 一つ 買って あげました。
kare-shi ni o-mamo-ri o hito-tsu ka - tte a -ge-ma-shi-ta
I bought a talisman for my boyfriend.

要不要抽個籤問問今年的運氣？
おみくじ を 引いて 今年 の 運 を 見て みませんか？
o -mi-ku-ji o hi - i - te ko-toshi no un o mi - te mi-ma-se -n -ka
How about drawing a fortune slip to ask this year's fortunes?

實用字彙

賀年卡 年賀状 nen -ga - joo New Year's card	長壽麵 年越し そば toshi-ko-shi so-ba New Year Eve's noobles	年糕 お 餅 o -mochi rice cake
雜菜年糕湯 お雑煮 o -zoo - ni zoni	除夕 大晦日 oo -miso -ka New Year's Eve	大掃除 大掃除 oo -soo - ji general cleaning

壓歲錢 お年玉 o- toshi-dama lucky money	神社 神社 jin - ja Shinto shrine	水勺 ひしゃく hi -sha - ku ladle
鈴鐺 鈴 suzu bell	許願銅板 賽銭 sai- sen money offering	年菜 おせち料理 o - se- chi - ryoo - ri New Year dishes

觀光巴士行程／観光バスツアー

 06-07

有可以體驗茶道的觀光行程嗎？
茶道 が 体験 できる ツアー は ありますか？
sa- doo ga tai- ken de-ki-ru tsu -a -a   wa   a- ri-ma-su-ka

Is there any tour to experience Tea Ceremony?

會去哪些地方呢？
どこ へ 行きますか？
do-ko he   i - ki-ma-su-ka

Where are we going?

我們要找一位會中文的導遊
私 たち は 中国語 が 話せる ガイド さん を 探しています。
watashi-ta-chi wa chuu-goku-go ga hana-se-ru da-i -do sa-n   o saga-shi-te - i - ma -su

We are looking for a tour guide who can speak Chinese.

有附午餐嗎？
昼ご飯 が 付きますか？
hiru-go-han ga tsu-ki-ma-su-ka

Is lunch included?

基本用語

溝通

交通

飲食

購物

觀光

住宿

突發狀況

大概幾點回來？
何時 ごろ 戻りますか？
nan - ji　go-ro　modo-ri-ma-su-ka
What time will we come back?

早上9:00於新宿巴士總站集合。
午前 九時 に 新宿 の バス・ターミナル で 集合します。
go-zen　ku - ji　ni　shin-juku　no　ba-su　　ta - a - mi - na-ru　de　shuu-goo-shi-ma-su
Gather at Shinjuku bus terminal at 9:00 AM.

實用字彙

導遊 添乗員 ten -joo - in tour guide	一天行程 一日 ツアー ichi-nichi　tsu -a - a one-day tour	半天行程 半日 ツアー han-nichi　tsu -a - a half-day tour
參觀 見学 ken-gaku vist	費用 料金 ryoo-kin fare	紀念照片 記念写真 ki - nen　sha-shin commemorative photo
畢業旅行 卒業 旅行 sotsu-gyoo-ryo -koo graduation trip	遠足 遠足 en-soku go hiking	觀光手冊 観光パンフレット kan -koo -pa - n - fu -re - tto tourist guide

實用句型：一起去～做～吧！

一起去 （地點） ＋ （動名） 吧！
一緒に （地點） へ （動名詞） に行きましょう！
i - ssho-ni　　　　　　he　　　　　　　　ni　i -ki-ma-sho - o
Let's go to （地點） to （動名詞） together.

【文法解析】

表示方向、表達「往、去、來」等意義時，助詞可以用に也可以用へ，這裡是用へ。而「去做～＝（動名詞）に行きます」此文法，前面已經說明過了，大家還記得吧！另外，這裡出現的句尾「～ましょう！＝吧！」，邀請別人時常常會用到，也是很實用的生活化句型。

地點

美國 アメリカ a-me-ri-ka America	伊豆溫泉 伊豆溫泉 i-zu-on-sen Izu hotspring	富士山 富士山 fu-ji-san Fuji Mountain	長野 長野 naga-no Nagano

動名詞

留學 留学 ryuu-gaku study abroad	玩 遊び aso-bi play	爬山 山登り yama-nobo-ri climb the mountain	滑雪 スキー su-ki-i ski

主題樂園／テーマパーク

  06-08

請給我一日一票玩到底的票兩張。
ワンデー・パス の チケット を 二枚 ください。
wa-n-de-e　pa-su no chi-ke-tto o ni-mai ku-da-sa-i
One day pass ticket for 2, please.

我要買二張成人和二張兒童入場券。
大人 二人 と 子供 二人 の チケット を ください。
o-tona futa-ri to ko-tomo futa-ri no chi-ke-tto o ku-da-sa-i
I want to buy two adult and two children's tickets.

請問叢林探險船是在這裡排隊嗎？
ここ は ジャングル・クルーズ の 行列 ですか？
ko-ko wa ja-n-gu-ru ku-ru-u-zu no gyoo-retsu de-su-ka

Is here the line of Jungle Cruise?

請問晚上的遊行隊伍會經過這裡嗎？
夜 の パレード は ここ を 通りますか？
yoru no pa-re-e-do wa ko-ko o too-ri-ma-su-ka

Does the night parade pass through here?

下一場的「水世界」表演是幾點開始？
次 の ウォーター・ワールド・ショー は 何時 から ですか？
tsugi no wo-o-ta-a wa-a-ru-do sho-o wa nan-ji ka-ra de-su-ka

What time does the next Water World show begin?

實用句型：大概幾點～？

大概幾點＿＿＿＿＿＿？
何時 ごろ＿＿＿＿＿ か？
nan-ji go-ro ka

What time will you / we ＿＿＿＿＿？

【文法解析】
「幾點＝何時」，這個疑問詞一出，回答時就要回答幾點（幾分）。而「什麼時候＝いつ」，這個疑問詞一出，回答範圍就寬了許多，任何時間名詞都可以成為回答。「ごろ＝大約／左右」這個字只用於表達時間點上的大約。

開始 始まります haji-ma-ri-ma-su start	結束 終わります o-wa-ri-ma-su finish	回家 帰ります kae-ri-ma-su go home

出發 出発します shu-ppatsu-shi-ma-su leave	下班 退社します tai-sha-shi-ma-su get off work	起床 起きます o-ki-ma-su get up
吃晚餐 夕食します yuu-shoku-shi-ma-su have dinner	睡覺 寝ます ne-ma-su go to bed	發佈 発表します ha-ppyoo-shi-ma-su to release

京都之旅／京都の旅

06-09

在京都，清水寺是最受大家喜愛的寺廟。
京都 では 清水寺 が 最も 人気 の お寺 です。
kyoo-to de-wa kiyo-mizu-dera ga motto-mo nin-ki no o-tera de-su
Kiyomizu Temple is the most popular temple in Kyoto.

龍安寺以"枯山水"的岩石庭園著名。
竜安寺 は 枯山水 の 岩庭園 で 有名 に なります。
ryoo-an-ji wa kare-san-sui no iwa-tei-en de yuu-mei ni na-ri-ma-su
Ryoan Temple is famous for its rock garden arranged in the "karesansui" style.

閃亮的金閣寺用黃金打造，是不可錯過的景點。
きらきらした 金閣寺 は 金 で 作られた ので、見逃せない スポット です。
ki-ra-ki-ra-shi-ta kin-kaku-ji wa kin de tsuku-ra-re-ta no-de mi-noga-se-na-i su-po-tto de-su
Kinkaku Temple covered in shining gold is a must-see.

藝妓會彈奏傳統樂器、唱歌、跳舞去取悅客人。
芸者 は 伝統楽器、唄、舞踊 の 芸 を 披露して お客さん を 楽しませます。
gei-sha wa den-too-ga-kki uta bu-yoo no gei o hi-roo-shi-te o-kyaku-sa-n o tano-shi-ma-se-ma-su
The geisha plays traditional instruments, sings, and dances to please guests.

實用句型：以～著名

（名詞1）因（名詞2）變得有名。

（名詞1）は（名詞2）で 有名 に なります。
wa　　　　de　yuu-mei　ni　na-ri-ma-su

（名詞1）is famous for its（名詞2）.

【文法解析】

「變成＝なります」，變成一種形容詞的狀態時，文法就成了「形容詞＋に＋なります」，例如這裡列出的「變得有名＝有名になります」。而「因為／藉由＝で」，用助詞表現即可。

名詞 1

台灣 台湾 tai -wan Taiwan	箱根 箱根 hako-ne Hakone	這個品牌 このブランド ko -no -bu -ra -n -do this brand	這家店 この店 ko -no-mise this store

名詞 2

美食 グルメ gu -ru -me gourmet	溫泉 温泉 on -sen hot springs	手工 手作り te -zuku-ri handmade	裝潢 インテリア i - n - te - ri - a interior decoration

東京之旅／東京の旅

  06-10

晴空塔取代了東京鐵塔，變成了新地標。

スカイツリー は 東京タワー の 代わりに、新しい ランドマーク に なりました。
su- ka -i- tsu-ri - i　wa too-kyo-ta-wa-a　no　ka-wa-ri-ni　atara-shi- i　ra-n-do-ma-a-ku　ni　na-ri-ma-shi-ta

The Sky Tree replaced the Tokyo Tower becoming the new landmark.

東京車站百年老站新風貌，值得一瞧。

百年歷史 の ある 東京駅 は リニューアルされ、見る 価値 あり！

hyaku-nen-reki-shi　no　a-ru　too-kyoo-eki　wa　ri-nyu-u-a-ru-sa-re　　mi-ru　ka-chi　a-ri

Tokyo Station, the century-old station, has changed to a new look, worth visiting.

充斥著居酒屋、酒家、牛郎店的歌舞伎町，是一個不夜城。

居酒屋、キャバクラ、ホストクラブ が 溢れる 歌舞伎町 は 不夜城です。

i-zaka-ya　kya-ba-ku-ra　　ho-su-to-ku-ra-bu　ga　afu-re-ru　ka-bu-ki-choo　wa　fu-ya-joo de-su

Kabukicho full of Japanese pubs, cabaret clubs and host clubs, is an all night entertainment area.

熊貓是東京上野動物園超人氣動物明星。

パンダ は 東京 上野 動物園 の 超人気 動物 スター です。

Pa-n-da　wa　too-kyoo　ue-no　doo-butsu-en　no　choo-nin-ki　doo-butsu　su-ta-a　de-su

The panda is the super-popular animal star in Tokyo Ueno Zoo.

有中文／英文的語音導覽機租用嗎？

中国語／英語 の 音声 ガイド が レンタル できますか？

chuu-goku-go　ei-go　no　on-sei　ga-i-do　ga　re-n-ta-ru　de-ki-ma-su-ka

May I rent the Chinese / English audio guide?

實用句型：～變成了～

（名詞1）變成了（名詞2）。

（名詞1）は（名詞2）に なりました。
　　　　 wa　　　　　　　　 ni　na-ri-ma-shi-ta

（名詞1）became（名詞2）.

【文法解析】

前面提過「變成＝なります」，變成一種身分（名詞）時，文法就成了「名詞＋に＋なります」，例如這裡列出的「變成地標＝ランドマークになります」。要表達「變成了～」完成式，只要將なります（現在／未來式）改成なりました（過去／完成式）即可。

名詞 1

這部電影 この 映画 ko no ei - ga this movie	我們團隊 うちの チーム u -chi no chi - i - mu our team	中國 中国 chuu-goku China	他 彼 kare he

名詞 2

話題 話題 wa - dai spotlight	冠軍 チャンピオン cha - n - pi - o - n Champion	經濟強國 経済大国 kei - zai - tai- koku economic power	帥哥 イケメン i - ke -me -n handsome man

電玩中心／ゲームセンター

  06-11

這台夾娃娃機看起來不好夾。
この ユーフォー・キャッチャー では 取りにくい よう です。
ko no yu-u-fo - o kya - ccha - a de-wa to- ri -ni -ku-i yo-o de-su
This UFO Catcher seems hard to control.

請問哪裡可以換零錢？
どこ で 小銭 に 両替 できますか？
do-ko de ko -zeni ni ryoo-gae de- ki-ma-su-ka
Where can I exchange for coins / changes?

那邊可以。
あそこで できます。
a -so -ko-de de-ki-ma-su
You can exchange there

實用句型：在哪裡可以～？

在哪裡可以 _____ ？

どこ で（動名詞）できますか？
do-ko de　　　　　　　de- ki-ma-su ka

Where can I _____ ？

【文法解析】

「做＝します」，這個字變成可能型「可以做＝できます」。在できます前放上任何的動作名詞後，例如句子列出的「両替できます＝可以換錢」，這個動詞就變成可能型動詞。可能型動詞還有另一種來源，就是每個動詞字尾做え行轉換，即變成可能型。列出幾個例子如下。

動名詞

轉乘 乗り換え no- ri - ka - e transfer (the bus / train)	修理 修理 shuu- ri repair	申請 申請 shin- sei apply	預約 予約 yo- yaku make the reservation
停車 駐車 chuu-sha park	上網 インターネット i - n -ta -a - ne - tto surf the internet	打網球 テニス te -ni -su play the tennis	攝影 撮影 satsu- ei take a picture

動詞可能型

可以看到 見えます mi - e -ma- su can see	可以使用 使えます tsuka - e -ma- su can use	可以買到 買えます ka - e -ma- su can buy	可以拿到 取れます to - re -ma- su can take

卡拉ＯＫ／カラオケ

  06-12

請用遙控器點歌。
リモコン で 歌 の 番号 を 入れて ください。
ri-mo-ko -n de uta no ban-goo o i - re - te ku-da-sa-i
Please enter the song number by the remote controller.

我想延長兩個小時。
2時間 延長したい です。
ni - ji - kan en-choo-shi -ta - i de-su
I'd like to continue for 2 hours.

請問有中文歌曲嗎？
中国語 の 歌 は ありますか？
chuu-goku-go no uta wa a- ri-ma-su-ka
Do you have any Chinese song?

請問有附飲料嗎？
飲み物 は 付きますか？
no -mi-mono wa tsu-ki-ma-su-ka
Is drink included?

實用字彙

麥克風 マイク ma - i - ku microphone	遙控器 リモコン ri-mo-ko -n remote control	歌詞 歌詞 ka - shi lyrics	降key 調子 を下げる choo-shi o sa - ge -ru lower the pitch

實用句型：請問有附～嗎？

請問有附＿＿＿＿＿＿嗎？

＿＿＿＿＿＿ は 付きますか？
wa tsu-ki-ma-su-ka

Is ＿＿＿＿＿＿ included?

【文法解析】

進餐廳、在飯店、接觸旅行社時，很可能用到這個句子「請問有附～嗎？」來跟服務人員做確認。「附＝付きます」，所以「有附（東西）嗎＝（東西）＋は＋付きます か」。

早餐 朝 食 choo-shoku breakfast	午餐 昼 食 chuu-shoku lunch	晚餐 夕 食 yuu-shoku dinner	接送服務 送迎サービス soo -gei -sa - a - bi -su pick-up service

漫畫喫茶店／漫画喫茶

 06-13

我想買2個小時。

2時間 で お願い します。
ni - ji - kan　de　o-nega-i　shi-ma-su

2 hours, please.

請問有包廂嗎？

個室 は ありますか。
ko-shitsu　wa　a- ri-ma-su-ka

Is there any private room?

我想找這本漫畫。

こ の 漫画 を 探したい の ですが。
ko　no　man-ga　o　saga-shi-ta - i　no　de-su-ga

I am looking for this comic book.

我可以抽菸嗎？

タバコ を 吸っても いいですか？
ta-ba-ko　o　su - tte-mo　i - i - de-su-ka

May I smoke?

實用字彙

網路 インターネット i - n - ta - a - ne - tto internet	印表機 プリンター pu - ri - n - ta - a printer	免費飲料 無料 ドリンク mu-ryoo do-ri-n-ku free drink	免費零食 無料 スナック mu-ryoo su-na-k ku free snack

實用句型：我可以～嗎？

我可以 _____ 嗎？

_____ て も いいですか？
　　　　te mo i - i - de-su-ka

May I _____ ?

【文法解析】

做某個動作尋求對方允許時，常常使用這個句型。「可以嗎＝いいです
か」，所以「做～可以嗎＝動詞て形＋も＋いいですか」。這個句型要用動
詞て型來表現，大家可以套用相關單字練習看看。

借 借りたい（想借） ka - ri - ta - i 借りて（借て型） ka - ri - te borrow	邀請 誘いたい（想邀請） saso -i - ta - i 誘って（邀請て型） saso - tte invite	寫 書きたい（想寫） ka - ki - ta - i 書いて（寫て型） ka - i - te write
發問 質 問したい（想發問） shitsu-mon-shi-ta - i 質 問して（發問て型） shitsu-mon-shi-te ask	打電話 電話したい（想打電話） den-wa -shi -ta - i 電話して（打電話て型） den-wa -shi- te make a call	唱歌 歌いたい（想唱歌） uta -i - ta - i 歌って（唱歌て型） uta - tte sing
回家 帰りたい（想回家） kae -ri -ta - i 帰って（回家て型） kae - tte go home	吃 食べたい（想吃） ta - be - ta - i 食べて（吃て型） ta - be - te eat	拿 取りたい（想拿） to - ri - ta - i 取って（拿て型） to - tte take

遊樂設施 アトラクション a -to -ra -ku -sho - n attraction	摩天輪 観覧車 kan -ran -sha ferris wheel	鬼屋 お化け 屋敷 o - ba -ke　ya -shiki haunted house
表演 ショー sho - o show	遊行 パレード pa -re - e - do parade	雲霄飛車 ジェット・コースター je - tto　ko - o -su -ta - a roller coaster
旋轉木馬 回転木馬 kai -ten -moku -ba merry-go-round	碰碰車 バンパー・カー ba -n -pa - a　ka - a bumper car	海盜船 海賊船 kai -zoku -sen pirate ship
自由落體 自由落下 ji - yuu -ra -kka freefall	旋轉茶杯 回転ティー・カップ kai -ten　ti - i　ka -ppu spinning tea cups	東京迪士尼海洋 東京 ディズニー・シー too -kyoo di - zu -ni - i　shi - i Tokyo Disney Sea
東京迪士尼渡假區 東京 ディズニー・リゾート too -kyoo di - zu -ni - i　ri -zo - o - to Tokyo Disney Resort		晚餐秀 ディナーショー di - na - a -sho - o dinner show
日本環球影城 ユニバーサル・スタジオ・ジャパン yu -ni -ba - a -sa -ru　su -ta -ji - o　ja - pa - n Universal Studio Japan		商店 売店 bai -ten shop
絨毛娃娃 縫いぐるみ nu - i - gu -ru -mi plush toy	玩具 おもちゃ o -mo - cha toy	抱枕 クッション ku -ssho - n ku -ssho -n
紀念品 おみやげ o - mi -ya - ge souvenir	大頭貼 プリクラ pu -ri -ku -ra photo sticker	魔術 マジック ma -ji - kku magic

07 住宿

accommodation

緊湊的自助旅程，選對住宿環境，可消
除一天的疲勞
有些人選擇只住一家飯店，以此飯店為
中心來規劃行程，省下行李移動的麻
煩。
不過日本住宿選擇多樣，不妨把住宿也
當作一個觀光重點，試試和風旅館、民
宿的一泊二食，體驗最日式的慢活時
光。

預約旅館／ホテルの予約

 07-01

我想訂12月24日的雙人房。
12月 24日 の ダブル・ルーム を 予約したい の ですが。
juu-ni-gatsu nijuu-yo-kka no da-bu-ru ru-u-mu o yo-yaku-shi-ta-i no de-su-ga
I would like to reserve a double room for Dec. 24.

請問還有空房嗎？
部屋 が ありますか？
he-ya ga a-ri-ma-su-ka
Is there any vacancy?

不好意思，已經客滿了。
すみません、あいにく 満 室 に なりました。
su-mi-ma-se-n a-i-ni-ku man-shitsu ni na-ri-ma-shi-ta
Sorry, fully booked already.

這段時間有住房專案。
この 時期 に 宿 泊 プラン が あります。
ko no ji-ki ni shuku-haku pu-ra-n ga a-ri-ma-su
We provide the package during the period.

透過網路訂房會更便宜嗎？
インターネット で 予約したら、安く なりますか？
i-n-ta-a-ne-tto de yo-yaku-shi-ta-ra yasu-ku na-ri-ma-su-ka
Can we get discount if making the reservation online?

住宿四晚共計40000日圓，要訂房嗎？
四泊 で 合計 40000円 に なります。宜しい でしょうか？
yon-haku de goo-kei yon-man-en ni na-ri-ma-su yoro-shi-i de-sho-o-ka
Totally 4 nights cost 40,000 yen. Do you want to reserve?

好，請幫我預訂禁菸房。
はい、禁煙 ルーム を 予約して ください。
ha-i kin-en ru-u-mu o yo-yaku-shi-te ku-da-sa-i
Yes, please reserve a non-smoking room for me.

有附早餐嗎？

朝食付き ですか？

choo-shoku -du -ki de-su-ka

Is the breakfast included?

早餐需要另外跟您收費。一人是800元日幣。

朝食 は 別払いで、一人 当たり ８００円 です。

choo-shoku wa betsu-bara- i de   hito- ri   a- ta- ri ha-ppyaku -en de-su

The breakfast is 800 yen per person by the additional fee.

這裡可以使用網路嗎？

ここ で インターネット が 使えますか？

ko -ko de i -n -ta -a -ne - tto ga tsuka-e-ma-su-ka

Can I surf the Internet here?

可以，這裡上網很方便的。

はい、ここ では インターネット がとても 便利 です。

ha - i   ko -ko de-wa i -n -ta -a -ne - tto ga to -te-mo ben - ri   de-su

Yes, it is very convenient to surf the Internet here.

這家飯店提供免費上網服務。

この ホテル は ネット 接続 サービス を無料提供します。

ko no ho -te -ru wa   ne - tto setsu-zoku sa - a - bi- su   o mu-ryoo-tei-kyoo-shi-ma-su

This hotel provides free Internet service.

請留下您的大名與連絡電話。

お名前 と お電話番号 を お教え ください。

o - na- mae to o - den-wa-ban-goo o   o -oshi-e ku-da-sa- i

May I have your name and phone number?

請問您打算幾點抵達飯店？

何時 ごろ ホテル に 到着する 予定 ですか？

nan - ji   go -ro ho -te -ru ni too-chaku-su- ru   yo -tei   de-su-ka

What time will you arrive at the hotel?

實用字彙 07-02

西式房間 洋室 yoo-shitsu western-style room	單人房 シングル shi -n -gu -ru single room	雙人大床房 ダブル da -bu -ru double room	雙人雙床房 ツイン tsu - i - n twin room
房內小吧台 ミニバー mi -ni -ba - a mini bar	盥洗小物 アメニティー a -me -ni - ti - i wash-up set	浴室 バス ba- su bathroom	西式廁所 洋式 トイレ yoo-shiki to - i - re western-style toilet
電視 テレビ te -re -bi television	遙控器 リモコン ri -mo-ko -n remote control	空調 エアコン e -a -ko - n air conditioner	網路 インターネット i -n -ta -a -ne - tto internet
冰箱 冷蔵庫 rei - zoo - ko refrigerator	床 ベッド be - ddo bed	棉被 布団 fu - ton bedquilt	鬧鐘 目覚まし me - za -ma-shi alarm clock
收音機 ラジオ ra - ji - o radio	電燈 電気 den -ki lights	浴袍 バス・ローブ ba- su ro - o - bu bathrobe	拖鞋 スリッパ su -ri - ppa slipper

實用句型：您訂了～，對嗎？

您訂了 （房間數） （房型） （入住天數），對嗎？

（房型） を （房間數） （入住天數） 予約 されて いますね。
　　　　　o　　　　　　　　　　　　　　　yo-yaku sa- re -te   i -ma-su-ne

You have reserved （房間數） （房型） for （入住天數）, right?

【文法解析】
予約 しています（訂，動詞ています形，表狀態）→予約 されて います
（訂，動詞 されて います，表對方動作的尊敬狀態）。

房型

標準房 スタンダード・ルーム su -ta - n -da - a -do　ru - u - mu standard room	豪華房 デラックス・ルーム de -ra - kku-su　ru - u - mu deluxe room
一房一廳大套房 スイート・ルーム su - i - i - to　ru - u - mu suite room	湖景房 レークビュー・ルーム re - e -ku-byu - u　ru - u - mu lake-view room
市景房 シティビュー・ルーム shi - ti - byu - u　ru - u - mu city-view room	吸菸房 喫煙ルーム kitsu-en- ru - u - mu smoking room
禁菸房 禁煙ルーム kin - en - ru - u - mu non-somking room	無窗戶房 無窓ルーム mu- soo- ru - u - mu windowless room

房間數

一晚 一泊 i - ppaku one night	兩晚 二泊 ni -haku two nights	三晚 三泊 san-paku three nights	五晚 五泊 go -haku five nights

房間數

一間（房） 一部屋 hito - he - ya one(room)	兩間（房） 二部屋 futa - he - ya two(rooms)	三間（房） 三部屋 san - he - ya three(rooms)	四間（房） 四部屋 yon - he - ya four(rooms)

取消／キャンセル

  07-03

抱歉，但我想要取消預約。
すみません、予約 を キャンセル したいです。
su-mi-ma-se-n　　yo-yaku o　kya- n -se-ru　shi-ta -i -de-su
I'm sorry, I want to cancel a reservation.

我忘了我的預約代碼。
予約番号 を 忘れて しまいました。
yo-yaku-ban-goo o　wasu-re -te　shi-ma- i -ma-shi-ta
I have forgotten the reservation number.

取消手續費是多少？
キャンセル料 は いくら かかりますか？
kya- n - se- ru-ryoo　wa　 i -ku-ra　ka- ka- ri-ma-su-ka
How much is the cancellation fee？

變更／変更

  07-04

我想更改預約
予約 を 変更 したいです。
yo-yaku　o　hen-koo　shi-ta -i - de-su
I want to change my reservation.

我們會晚一天抵達
到着日 は 一日 遅らせます。
too-chaku-bi　wa　ichi-nichi　oku-ra- se-ma-su
Our arrival will delay one day.

我要再加訂1間雙床房
ツイン を もう 一部屋 予約したい です。
tsu- i - n　o　mo-o　hito-he- ya　yo-yaku-shi-ta- i　de-su
I want to book one more twin room.

我不確定抵達的時間
到着時間 は まだ 分かりません。
too-chaku-ji - kan wa ma-da wa-ka -ri -ma-se- n
I'm not sure of the arriving time.

房間可以保留到幾點？
部屋 は 何時 まで 保留 できますか？
he - ya wa i -tsu ma-de ho -ryuu de- ki-ma-su-ka
What time do you keep my reservation till?

登記入住／チェックイン

 07-05

我要辦理入住登記。
チェック・イン したい の ですが。
che - kku i -n shi-ta - i no de-su-ga
I'd like to check in, please.

可以讓我看一下您的護照嗎？
パスポート を 見せて いただけますか？
pa-su- po- to o mi- se-te i - ta -da -ke-ma-su-ka
May I see your passport, please?

李先生您訂了豪華雙床房一間兩個晚上，對嗎？
李様、デラックス・ツイン を 一部屋 二泊 予約 されて いますね。
ri-sama de -ra - kku-su tsu- i -n o hito-he- ya ni-haku yo-yaku sa-re -te i - ma-su-ne
Mr. Lee, you have reserved a deluxe twin room for 2 nights, right?

請填寫這個表格。
こちら の フォーム に ご記入 ください。
ko-chi-ra no fo - o- mu ni go-ki-nyuu ku-da-sa- i
Please fill in the form.

請問退房時間到幾點？

チェック・アウト・タイム は 何時 まで ですか？

che - kku　a - u -to　ta - i - mu　wa　nan - ji　ma - de　de - su -ka

When is the check-out time?

這是您的房間鑰匙與早餐券。

こちら は お部屋 の 鍵 と 朝食券 でございます。

ko -chi -ra　wa　o -he -ya　no　kagi　to　choo -shoku -ken　de -go -za - i - ma -su

Here are your room key and breakfast ticket.

實用字彙

住宿費用 宿 泊 料金 shuku-haku-ryoo- kin	訂房編號 予約番号 yo- yaku-ban-goo	姓名 名前 na -mae	信用卡 クレジットカード ku - re - ji - tto-ka - a - do
lodging fee	reservation number	name	credit card

飯店設備／ホテルの施設

  07-06

您的房間是812室。

お部屋 は ８１２ 号室 です。

o -he -ya　wa　hachi -ichi -ni　goo -shitsu　de -su

Your room is No.812.

請搭這個電梯到8樓。

こちら の エレベーター で ８階 まで お乗り ください。

ko -chi -ra　no　e -re -be -e -ta -a　de　ha -kkai　ma -de　o -no -ri　ku -da -sa - i

Please take the elevator to 8th floor.

早餐在2樓的自助餐廳。

朝食 は 2階 の カフェテリア にて ご利用 ください。

choo -shoku　wa　ni -kai　no　ka -fe - te -ri -a　ni -te　go -ri -yoo　ku -da -sa - i

The breakfast is served in the cafeteria on the second floor.

大浴場開放時間從早上6點到晚上12點。

大浴場 は 朝 6時 から 夜 12時 まで ご利用 できます。

dai-yoku-joo　wa　asa　roku-ji　ka-ra　yoru　juu-ni-ji　ma-de　go-ri-yoo　de-ki-ma-su

The large communal bath open from 6:00 AM to 12:00 PM.

健身房在5樓，房客可免費使用。

ジム は 5階 に あります。泊り客 なら 無料利用 できます。

ji-mu　wa　go-kai　ni　a-ri-ma-su　　toma-ri-kyaku　na-ra　mu-ryoo-ri-yoo　de-ki-ma-su

The gym is on the 5th floor. Our guests can use it for free.

實用句型：～在5樓

_____在5樓。

_____ は 5階 に あります。

wa　go-kai　ni　a-ri-ma-su

_____ is on the 5th floor.

【文法解析】

「に＝在」，「あります＝有」。表示某個東西／非生物在某個地方，就用這句「東西／非生物 は 地方 に あります。」

游泳池 プール pu-u-ru swimming pool	三溫暖 サウナ sa-u-na sauna	健身房 ジム ji-mu gym	按摩浴池 ジャクジー ja-ku-ji-i jacuzzi
餐廳 レストラン re-su-to-ra-n restaurant	酒吧 バー ba-a bar	商務中心 ビジネス・センター bi-ji-ne-su　se-n-ta-a business center	停車場 駐車場 chuu-sha-joo parking lot
露天溫泉 露天 温泉 ro-ten　on-sen open-air hot springs	卡拉OK カラオケ ka-ra-o-ke Karaoke	商店 売店 bai-ten shop	自助洗衣間 ランドリー・エリア ra-n-do-ri-i　　e-ri-a self-service laundry

指引入房／客室案内

  07-07

服務生會帶您去您的房間。
係りのもの が お部屋 まで ご案内 いたします。
kaka-ri -no-mo-no ga o-he-ya ma-de go-an-nai i -ta-shi-ma-su
The bellboy is going to guide you to your room.

請幫我把這些行李拿到房間。
これら の 荷物 を 部屋 まで 持って もらいたいです。
ko-re-ra no ni-motsu o he-ya ma-de mo -tte mo-ra-i -ta- i -de-su
Please bring these pieces of luggage to my room.

緊急逃生口在這個方向。
非常口 は こちら です。
hi- joo-guchi wa ko-chi-ra de-su
The emergency exit is this way.

如有任何需要，請利用館內電話按9與櫃台聯絡。
何か ありましたら、内線 9 番 で フロント に ご連絡 ください。
nani-ka a -ri-ma-shi-ta- ra nai-sen kyuu-ban de fu -ro -n -to ni go -ren-raku ku-da-sa-i
Please dial 9 to call with the reception clerk if you need anything.

礦泉水是免費的嗎？
ミネラル・ウォーター は 無料ですか？
mi-ne -ra -ru wo - o -ta -a wa mu-ryoo de-su-ka
Is the mineral water free?

實用句型：少了一個～

少了一個＿＿＿＿＿＿。
＿＿＿＿＿ は 一つ 足りない です。
　　　　　wa hito-tsu ta -ri -na - i de-su
One ＿＿＿＿＿ comes short.

毛巾 タオル ta - o -ru towel	浴巾 バス・タオル ba- su　ta- o -ru bath towel	香皂 石鹸 se -kken soap	洗髮精 シャンプー sha - n -pu -u shampoo
潤絲精 リンス ri - n - su conditioner	乳液 ローション ro - o -sho - n lotion	牙刷 歯ブラシ ha -bu -ra-shi brush	梳子 くし ku -shi comb
浴帽 キャップ kya - ppu shower cap	刮鬍刀 かみそり ka -mi -so -ri razor	明信片 はがき ha -ga - ki postcard	信封 封筒 fuu - too envelope
信紙 便箋 bin-sen letter paper	茶包 ティー・バッグ ti - i　　ba - ggu tea bag	奶精包 クリーム ku-ri - i -mu cream	糖包 砂糖 sa - too sugar

基本
用語

溝通

交通

飲食

購物

觀光

住宿

突發
狀況

客房問題/客室問題

 07-08

我把鑰匙忘在房間裡了。
鍵 を 部屋 に 忘れて しまいました。
kagi　o　he -ya　ni　wasu-re -te　shi-ma- i -ma-shi-ta
I forgot my key in the room.

這個吹風機壞了。
この ドライヤー が 壊れて います。
ko　no　do -ra- i -ya- a　ga　kowa-re -te　i -ma-su
The hair dryer is not working.

隔壁太吵了，害我睡不著。

隣 が うるさ 過ぎて、 私 は 眠れなく なりました。
tonari ga u -ru -sa su -gi -te watashi wa nemu -re -na -ku na -ri -ma -shi -ta

The next-door neighbor is so noisy that I can't sleep.

浴室裡沒有熱水。

バス には お湯 が 出て きません。
ba -su ni -wa o -yu ga de -te ki -ma -se -n

No hot water in the bath.

希望你能幫我換房間。

部屋 を 換えて もらいたい の ですが。
he -ya o ka -e -te mo -ra -i -ta -i no de -su -ga

I hope you can change a new room for me.

好的，馬上為您更換。

はい、すぐ 換えさせて いただきます。
ha -i su -gu ka -e -sa -se -te i -ta -da -ki -ma -su

Sorry, we will change it for you right away.

可以再給我一床棉被嗎？

布団 を もう 一つ もらえますか？
fu -ton o mo -o hito -tsu mo -ra -e -ma -su -ka

Can you give me one more bed quilt?

實用句型：這個～故障了

這個_____壞了。

この_____ が 壊れて います。
ko no ga kowa -re -te i -ma -su

The _____ is not working.

【文法解析】
壞れます（壞掉，動詞ます形）→壞れています（壞掉，動詞ています形，表狀態）。

電視 テレビ te -re -bi TV	音響 ステレオ su - te -re - o stereo	冰箱 冷蔵庫 rei - zoo - ko refrigerator
電熱水壺 電気ポット den - ki - po - tto electric pot	空調 エアコン e - a - ko - n air conditioner	電話 電話 den - wa telephone
蓮蓬頭 シャワー sha - wa - a shower	水龍頭 蛇口 ja- guchi faucet	馬桶 便器 ben - ki toilet
免治馬桶 温水洗浄便座 on - sui -sen -joo -ben -za warm water flushing toilet seat	無線網路 インターネット i - n - ta - a - ne - tto internet	有料電視 有料テレビ yuu-ryoo-te -re -bi pay-TV

實用句型：希望你能幫我換～

希望你能幫我換_____。

_____を 換えて もらいたい の ですが。
　　　　o　ka - e - te　mo-ra -i - ta - i　no　de-su-ga

I hope you can change a new _____ for me.

【文法解析】
換えます（換，動詞ます形）→換えて（換，動詞て形）。もらいます（幫「我」，動詞ます形）→もらいたい（希望幫「我」）。

被套 布団 カバー fu - ton　ka -ba - a bedquilt cover	床單 ベット・カバー be - tto　ka -ba - a bedcover	枕頭套 枕 カバー makura ka -ba - a pillowcase	毛巾 タオル ta - o -ru towel

飯店其他服務／他のサービス

 07-09

早餐是免費的嗎？

朝ご飯 は 無料 ですか？
asa-go-han wa mu-ryoo de-su-ka

Is the breakfast free?

我想在房間裡用晚餐。

部屋 で 夕食 を 食べたい の ですが。
he-ya de yuu-shoku o ta-be-ta-i no de-su-ga

I'd like to have dinner in my room.

請幫我把棉被鋪好。

布団 を 敷いて もらいたい です。
fu-ton o shi-i-te mo-ra-i-ta-i de-su

Please spread th futon for me.

早上7點請打電話叫醒我。

朝 7 時 に モーニング・コール を お願いします。
asa shichi-ji ni mo-o-ni-n-gu ko-o-ru o o-nega-i-shi-ma-su

Please give me a wake-up call at 7:00 tomorrow morning.

我希望你們能到車站接我。

駅 まで 迎え に 来て もらいたい の ですが。
eki ma-de muka-e ni ki-te mo-ra-i-ta-i no de-su-ga

I hope you can come to the station to pick me up.

明天我想使用你們的機場接駁巴士。

明日 空港 シャトル・バス を 利用したい の ですが。
ashi-ta kuu-koo sha-to-ru ba-su o ri-yoo-shi-ta-i no de-su-ga

I'd like to take the airport shuttle bus tomorrow.

請問要如何打國際電話到台灣？

どうやって 台湾 に 国際電話 を かけますか？
do-o-ya-tte tai-wan ni koku-sai-den-wa o ka-ke-ma-su-ka

How can I make an international call to Taiwan?

實用字彙

接送服務 送迎 サービス soo -gei　sa - a - bi - su pick-up service	日式房間 和室 wa-shitsu Japanese-style room	壁櫥 押入れ oshi - i - re closet
棉被 布団 fu - ton bedquilt	格子紙門 障子 shoo - ji paper door	保險箱 金庫 kin - ko safe
榻榻米 畳 tatami tatami mat	和式矮桌 座卓 za -taku low Japanese-style table	
茶壺 急須 kyu - su tea pot	日式浴袍 浴衣 yu- kata Japanese-style bathrobe	
坐墊 座布団 za - bu - ton cushion	配茶用甜點 茶菓子 cha - ga - shi sweets served with tea	茶杯 茶碗 cha -wan teacup
玄關 玄関 gen-kan vestibule	煙灰缸 灰皿 hai-zara ashtray	鏡子 鏡 kagami mirror

實用句型：希望你們能為我～

我希望你們能為我 _____ 。

_____ を して もらいたい です。
　　　　　o　shi-te　mo-ra - i - ta - i　de-su

I hope you can _____ for me.

叫計程車 タクシー の お呼び ta -ku-shi - i　no　o -yo-bi arrange a taxi	安排旅遊行程 ツアー の 手配 tsu -a - a　no　te -hai arrange a tour
預約餐廳 レストラン の 予約 re -su -to -ra - n　no　yo-yaku book a restaurant	傳達留言 メッセージ の 伝え me -sse -e - ji　no　tsuta-e leave the message
保管行李 荷物 の 預かり ni-motsu　no　azu-ka - ri keep my baggage	洗衣服務 クリーニング・サービス ku -ri - i - ni - n - gu　　sa - a - bi - su do the laundry

續住／連泊

 07-10

我要多住一晚
もう 一 泊 泊まりたい の ですが。
mo-o　i -ppaku　to-ma-ri-ta- i　no　de-su-ga
I want to stay one more night.

連住的話有優惠嗎？
連泊 なら 割引 に なりますか？
ren-paku　na -ra　wari-biki　ni　na- ri -ma-su-ka
Do you have any discount for extend stay?

很抱歉，房間已被訂滿
すみません、満 室 に なりました。
su-mi-ma-se-n　　　man-shitsu　ni　na -ri -ma-shi-ta
Sorry,we are fully occupied.

退房/チェックアウト

 07-11

我要退房。

チェック・アウト したい の ですが。
che - kku　a - u -to shi - ta - i　no　de-su-ga

I'd like to check out.

您有沒有取用mini-bar的飲料零食呢？

ミニバー の 飲み物 と スナック を 取っていらっしゃいますか？
mi -ni -ba - a　no　no-mi-mono　to　su-na -kku　o　to - tte　i - ra - ssha - i -ma-su-ka

Have you ever taken the drink and snack of the mini-bar?

網路預訂房間時已付清房間費用。

ネット で 予約した とき、すでに 部屋代 を 支払いました。
ne - tto　de　yo-yaku-shi - ta　to- ki　su-de-ni　he -ya-dai　o　shi-hara- i -ma-shi-ta

We have paid the room fee when booking by internet.

這一筆是什麼錢？

これ は 何 の 料金 ですか？
ko- re　wa　nan　no　ryoo-kin　de-su-ka

What is this for?

請確認住宿費用是否無誤後，請在這裡簽名

宿 泊 料 を 確認して、問題ない 場合 は こちら に サインして ください。
syuku-haku-ryoo　o　kaku-nin-shi-te　mon-dai-na - i　ba- ai　wa　ko-chi-ra　ni　sa- i -n-shi-te　ku-da-sa-i

Please confirm the accommodation fee.If no problem, please sign here.

您要刷卡還是付現？

カード で 支払いますか？現金 で 支払いますか？
ka- a-do　de　shi-hara-i - ma-su-ka　　　gen-kin　de　shi-hara-i- ma-su-ka

Do you pay by credit card or in cash?

我想存放行李到下午5點。

午後 5時 まで 荷物 を 預けたい の ですが。
go- go　go- ji　ma-de　ni-motsu　o　azu-ke-ta- i　no　de-su-ga

I want to leave my luggage here until 5:00 PM.

退房

基本
用語

溝通

交通

飲食

購物

觀光

住宿

突發
狀況

實用句型：這一筆是什麼錢？

這一筆是什麼錢？

これ は 何 の 料金 ですか？
ko-re wa nan no ryoo-kin de-su-ka

What is this for?

【文法解析】

下面列出幾個可能會產生的額外消費，讓你在確認費用明細時不會頭昏眼花。

國際電話 国際電話 koku-sai-den-wa international call	國內電話 国内電話 koku-nai-den-wa domestic call	付費電視 有料 テレビ yuu-ryoo te-re-bi pay-TV
洗衣 クリーニング ku-ri-i-ni-n-gu laundry	傳真 ファックス fa-kku-su fax	早餐 朝 食 choo-shoku breakfast
網路使用 インターネット接 続 i-n-ta-a-ne-tto setsu-zoku Internet	服務費 サービス 料 sa-a-bi-su ryoo service charge	消費稅 消費税 shoo-hi-zei tax
機場接送 空港送迎 kuu-koo-soo-gei airport pick-up service	溫泉使用費 温泉使用料 on-sen-shi-yoo-ryoo the cost for hot spring	住宿稅 宿 泊税 syuku-haku-zei occupancy tax

08 突發狀況

trouble

旅行在外，很可能會發生一些意外狀
況，不妨先記下常用的求助語，才能在
發生狀況時即時清楚地表達。

生病了／病気

 08-01

我好像有點發燒。
ちょっと 熱 が 出た よう です。
cho - tto netsu ga de - ta yo - o de-su
I probably had a small fever.

我頭部受傷了。
頭 に けが を しました。
atama ni ke -ga o shi-ma-shi-ta
I hurt my head.

我想吐。
吐きたい です。
ha -ki -ta - i de-su
I want to throw up.

你最好去看醫生。
医者 に 診て もらった ほう が いいです。
i - sha ni mi -te mo-ra - tta ho-o ga i - i de-su
You'd better see the doctor.

這附近有藥局嗎？
この 近くに 薬局 が ありますか？
ko-no chika-ku-ni ya-kkyoku ga a- ri-ma-su-ka
Is there any drug store nearby?

這附近有耳鼻喉科嗎？
この 近くに 耳鼻科 が ありますか？
ko-no chika-ku-ni ji -bi -ka ga a- ri-ma-su-ka
Is there any ENT specialist hospital nearby?

下午的診療時間從幾點開始？
午後 の 診療 は 何時 から ですか？
go- go no shin-ryoo wa nan -ji ka-ra de-su-ka
What time does the afternoon consulting begin?

受傷了／けが

 08-02

我的頭流血了。

頭 から 血 が 出て います！
atama ka-ra chi ga de-te i-ma-su

My head is bleeding

我的腳很痛無法走動。

足 が 痛くて 歩けない です。
ashi ga ita-ku-te aru-ke-na-i de-su

I have lame legs.

我好像骨折了。

骨 折した ようです。
ko-ssetsu-shi-ta yo-o de-su

I seemed to break my bone.

實用字彙

頭 頭 atama head	耳朵 耳 mimi ear	眼睛 目 me eye	嘴巴 口 kuchi mouth	腳 足 ashi foot
大腿 股 momo leg	膝蓋 ひざ hi-za knee	胸部 胸 mune chest	腹部 腹 hara belly	腰部 腰 kosi waist
背部 背中 se-naka back	臀部 尻 shiri bottom	腳踝 足首 ashi-kubi ankle	手 手 te hand	手腕 腕 ude wrist
心臟 心臟 shin-zoo heart	胃 胃 i stomach	肺 肺 hai lung	腎臟 腎臟 jin-zoo kidney	盲腸 盲腸 moo-choo cecum

看病掛號／診療受付

 08-03

麻煩一下，我要掛號。
すみません、受付 を お願いします。
su-mi-ma-se-n　uke-tsuke　o　o-nega-i　shi-ma-su
Excuse me, I want to register.

是初診嗎？請出示健保卡。
初診 ですか？健康保険証 を 見せて ください。
sho-shin　de-su-ka　　ken-koo-ho-ken-shoo　o　mi-se-te　ku-da-sa-i
Is it the first visit? Please show your Health Insurance Card.

我是外國人。
外国人 です。
gai-koku-jin　de-su
I am a foreigner.

請給我收據及診斷證明。
レシート と 診断書 を お願いします。
re-shi-i-to　to　shin-dan-sho　o　o-nega-i-shi-ma-su
Please give me the receipt and medical certificate.

實用字彙

內科醫生 内科医 nai-ka i physician	外科醫生 外科医 ge-ka i surgeon	婦產科醫生 産婦人科医 san-fu-jin-ka i obstetrician and gynecologist	
小兒科醫生 小児科医 shoo-ni-ka i pediatrician	牙科醫生 歯科医 shi-ka i dentist	眼科醫生 眼科医 gan-ka i ophthalmologist	耳鼻喉科醫生 耳鼻科医 ji-bi-ka i otolaryngologist

皮膚科醫生 皮膚科医 hi - fu - ka i dermatologist	整形外科醫生 整形外科医 sei - kei - ge - ka i orthopedist	護士 看護婦 kan -go - fu nurse	複診 再診 sai -shin subsequent visit
初診單 初診フォーム sho -sin - fo - o - mu first visit form	號碼牌 整理券 sei - ri - ken appointment number		病歷 カルテ ka -ru - te medical record
醫院／診所 病院／クリニック byoo-in ku -ri -ni - kku hospital／clinic		掛號 診療 受付 shin-ryoo uke-tsuke to register	

問診／問診

  08-04

哪裡不舒服？

どう しましたか？
do-o shi-ma-shi-ta- ka

What's wrong?

我喉嚨痛，一直流鼻水。

のど が 痛くて、鼻水 が ずっと 出ています。
no-do ga   ita -ku -te   hana-mizu ga zu - tto de -te - i -ma -su

My throat is sore, and my nose has been runny.

這個症狀從什麼時候開始的？

この 症状 は いつ から ですか？
ko no shoo-joo wa   i- tsu ka-ra de-su-ka

When did the condition begin?

你會對藥物過敏嗎？

薬 に アレルギー が ありますか？
kusuri ni   a -re -ru -gi - i   ga   a -ri -ma -su -ka

Are you allergic to any medicine?

先打個針，然後開給你三天份的藥。
まず 注射 して、あと 三日分 の 薬 を 出しますね。
ma -zu chuu-sha shi -te　a - to　mi -kka-bun　no　kusuri　o　da-shi-ma-su -ne
Have an injection first. I'll prescribe three days' medicines for you.

這個藥一天要吃幾次？
この 薬 は 一日 何回 飲みますか？
ko　no　kusuri　wa　ichi-nichi　nan- kai　no -mi-ma-su-ka
How often should I take the medicine?

實用字彙

感冒 風邪 ka - ze cold	咳嗽 せき se - ki cough	拉肚子 下痢 ge - ri loose bowels	扭傷 捻挫 nen - za twist
骨折 骨折 ko- ssetsu bone fracture	中暑 夏ばて natsu-ba- te heliosis / sunstroke	想吐 吐き気 ha - ki - ge nauseous	發冷 寒気 samu-ge chilly
頭暈目眩 めまい me-ma - i dizzy	牙痛 歯痛 ha -tsuu toothache	便秘 便秘 ben- pi constipation	發燒 熱 netsu fever
驗血 採血 検査 sai-ketsu　ken - sa blood test	驗尿 採尿 検査 sai-nyoo　ken - sa urine test	量血壓 血圧 測定 ketsu-atsu soku-tei blood pressure check	吊點滴 点滴 ten -teki on a drip
驗血糖 血糖チェック ke- ttoo-che - kku blood sugar check	聽診器 聴診器 choo-shin - ki stethoscope	手術 手術 shu-jutsu surgery	照X光 レントゲン撮影 re -n - to -ge -n satsu- ei X-ray photography

病症名稱／各種の病気

 08-05

流感 インフルエンザ i - n - fu - ru - e - n - za influenza	禽流感 鳥インフルエンザ tori - i - n - fu - ru - e - n - za bird Flu	月經 月経 ge - kkei period
發疹 発疹 ha - sshin exanthema	腦中風 脳梗塞 noo - koo - soku cerebral vascular accident (CVA)	心肌梗塞 心筋梗塞 shin-kin - koo-soku myocardial Infarction
心臟病 心臟病 shin-zoo-byoo heart attack	糖尿病 糖尿病 too-nyoo-byoo diabetes	高血壓 高血圧 koo-ketsu-atsu high blood pressure
愛滋病 エイズ e - i - zu AIDS	肺炎 肺炎 hai - en pneumonia	支氣管炎 気管支炎 ki - kan -shi - en bronchitis
盲腸炎 盲腸炎 moo-choo -en appendicitis	骨質疏鬆 骨粗鬆症 kotsu -so -sho-shoo osteoporosis	失智症 アルツハイマー a - ru -tsu-ha - i -ma -a dementia
打噴嚏 くしゃみ ku-sha - mi sneeze	懷孕 妊娠 nin -shin pregnant	異位性皮膚炎 アトピー a - to - pi - i atopic dermatitis
花粉症 花粉症 ka - fun -shoo hay fever	過敏 アレルギー a - re - ru - gi - i allergy	水土不服 気候風土 に 合わない ki -koo-fuu -do ni a -wa-na -i not used to the climate and environment

建議／アドバイス

 MP3 08-06

你最好做～。
あなた は ～した ほう が いいです。
a -na -ta wa   shi- ta ho- o ga   i - i de -su
You'd better ～．

你最好去看醫生。
医者 に 診てもらった ほう が いいです。
i - sha ni mi -te-mo-ra - tta ho- o ga   i - i de -su
You had better see the doctor.

你最好多喝水。
水 を たくさん 飲んだ ほう が いいです。
mizu o ta-ku-sa- n   no -n-da ho- o ga   i - i de -su
You had better drink more water.

你最好早點睡。
早く 寝た ほう が いいです。
haya-ku ne - ta ho- o ga   i - i de -su
You had better go to bed earlier.

你最好不要做～。
あなた は ～しない ほう が いいです。
a -na -ta wa   si -na - i   ho- o ga   i - i de -su
You had better not ～．

你最好不要吃辣。
辛いもの を 食べない ほう が いいです。
kara -i -mo-no   o   ta -be-na - i ho- o ga   i - i de -su
You had better not eat spice food.

你最好不要太操勞。
過労しない ほう が いいです。
ka -roo-shi-na - i   ho- o ga   i - i de -su
You had better not strain yourself.

緊急呼救／緊急時

 08-07

救救我！
助けて！
tasu-ke -te
Help!

有扒手！捉住他！
スリだ！捕まえて！
su -ri da   tsuka-ma -e - te
Pickpocket! Catch him!

給我住手！
やめて！
ya -me -te
Stop!

放開我！
放して！
hana-shi-te
Let me go!

請幫我叫救護車。
救急車 を 呼んで ください。
kyuu-kyuu-sha   o   yo - n - de ku-da-sa-i
Please call an ambulance for me.

請幫我叫警察。
警察 を 呼んで くれ！
kei-satsu   o   yo - n - de ku-re
Please call the police!

請帶我去醫院。
病院 に 連れてって ください。
byoo-in   ni   tsu - re - te - tte ku-da-sa-i
Please take me to a hospital.

找警察／警察への届け出

 08-08

我的包包被偷了。
かばん が 盗まれました。
ka- ba- n　ga　nusu-ma-re-ma-shi -ta
My bag was stolen.

什麼時候、在哪裡發生的？
いつ、どこで 起きましたか？
i- tsu　do-ko-de　o -ki-ma-shi -ta -ka
When and where did it happen?

包包裡面有什麼東西？
かばん の 中 に 何 が ありますか？
ka- ba- n　no naka ni nani ga　a- ri-ma-su-ka
What is in your bag?

如果找到我的包包，麻煩請打這個號碼與我聯絡。
私 の かばん を 見つけたら、この 番号 に 電話して ください。
watashi no ka-ba- n　o　mi-tsu-ke-ta-ra　ko-no ban-goo ni den-wa-shi- te ku-da-sa-i
If you find my bag, please call this number to contact me.

實用字彙

護照 パスポート pa- su- po - o- to passport	錢 お金 o -kane cash	提款卡 キャッシュ・カード kya - sshu　ka- a-do debit card	信用卡 クレジット・カード ku-re -ji - tto　ka- a-do credit card
機票 航空券 koo-kuu- ken air ticket	錢包 財布 sai - fu wallet	行李 荷物 ni-motsu suitcase	手機 携帯 kei - tai cell phone

捲入犯罪事件／犯罪に巻き込まれた時

 08-09

我不認識這個人。我跟他不是同夥。
この 人 を 知りません。仲間 ではないです。
ko no hito o si-ri-ma-se-n naka-ma de-wa-na-i-de-su
I don't know this guy. He is not my friend.

這是誤會！這不是我做的！
誤解 です！私 が やった わけ ではないです！
go-kai de-su watashi ga ya-tta wa-ke de-wa-na-i-de-su
It's a mistake! I didn't do it!

我要翻譯人員協助。
通訳 を つけたい の ですが。
tsuu-yaku o tsu-ke-ta-i no de-su-ga
I want a translator.

我想與台灣駐日代表處聯絡。
台湾 駐日 代表処 に 連絡 したい の ですが。
tai-wan chuu-nichi dai-hyoo sho ni ren-raku shi-ta-i no de-su-ga
I want to contact Taiwan Embassy.

實用字彙

殺人 殺人 satsu-jin murder	放火 放火 hoo-ka arson	綁架 誘拐 yuu-kai kidnap	黑道 ヤクザ ya-ku-za gangster / mafia
交通事故 交通 事故 koo-tsuu ji-ko accident	騙子 詐欺師 sa-gi-si tricker	強盜 強盜 goo-too robber	小偷 泥棒 doro-boo thief

國家圖書館出版品預行編目資料

開始遊日本說日語　中・日・英三語版／吳乃慧
著 . ‑‑ 二版 . ‑‑ 臺中市：晨星，2015.01
　　面；　公分 . ‑‑（Travel Talk；009）

ISBN 978-986-177-943-0（平裝）

1. 日語　2.旅遊　3.會話

803.188　　　　　　　　　　　103021110

Travel Talk 009
開始遊日本說日語
中・日・英三語版

作者	吳 乃 慧
編輯	林 千 裕
封面設計	陳 其 輝
內頁繪圖	腐 貓 君
日文錄音	大 谷 由 紀
版型設計	蔡 艾 倫
美術編輯	黃 寶 慧

創辦人	陳銘民
發行所	晨星出版有限公司
	台中市407工業區30路1號
	TEL：(04)23595820　FAX：(04)23550581
	E-mail：service@morningstar.com.tw
	http://www.morningstar.com.tw
	行政院新聞局局版台業字第2500號
法律顧問	陳思成律師
二版	西元2015年01月15日
二版二刷	西元2016年01月01日
郵政劃撥	22326758（晨星出版有限公司）
讀者服務專線	(04)23595819 # 230
印刷	上好印刷股份有限公司

定價299元
（缺頁或破損，請寄回更換）
ISBN 978-986-177-943-0

廣告回函
台灣中區郵政管理局
登記證第267號
免貼郵票

407
台中市工業區30路1號

晨星出版有限公司

更方便的購書方式：

(1) 網　　站：http://www.morningstar.com.tw
(2) 郵政劃撥　帳號：22326758
　　　　　　戶名：晨星出版有限公司
　　　　　　請於通信欄中註明欲購買之書名及數量
(3) 電話訂購：如為大量團購可直接撥客服專線洽詢

◎ 如需詳細書目可上網查詢或來電索取。
◎ 客服專線：04-23595819#230　傳真：04-23597123
◎ 客戶信箱：service@morningstar.com.tw